W0194315

THEODOR FONTANE
AUF DER SUCHE

THEODOR FONTANE AUF DER SUCHE

SHORT STORIES

Herausgegeben und mit einem Nachwort
von Iwan-Michelangelo D'Aprile

 aufbau

Textgrundlage sind die Zeitschriften-Erstdrucke
der jeweiligen Texte (vgl. S. 144). Die Rechtschreibung
folgt den heute gültigen Duden-Regeln.

Mit 6 Abbildungen

MIX
Papier | Fördert
gute Waldnutzung
FSC® C083411

ISBN 978-3-351-04211-0

Aufbau ist eine Marke der Aufbau Verlage GmbH & Co. KG

1. Auflage 2023
© Aufbau Verlage GmbH & Co. KG, Berlin 2023
www.aufbau-verlage.de
10969 Berlin, Prinzenstraße 85
Der Verlag behält sich das Text- und Data-Mining nach
§ 44b UrhG vor, was hiermit Dritten ohne Zustimmung
des Verlages untersagt ist.
Umschlaggestaltung U1berlin, Patrizia Di Stefano
unter Verwendung eines Bildes von
© incamerastock / Alamy Stock Foto
Satz Greiner & Reichel, Köln
Druck und Binden CPI books GmbH, Leck, Germany

Printed in Germany

INHALT

Eduard Hildebrandt: *Sonnenuntergang in Siam*, 1863

AUF DER SUCHE

Ich soll Ihnen etwas schreiben, wenn es auch nur eine »Wanderung« wäre. Nun so sei's denn; und wenn nicht eine Wanderung durch die Mark, was zu weitschichtig werden könnte, so doch wenigstens eine Wanderung durch Berlin W. Aber wohin? Ich war tagelang auf der Suche nach etwas Gutem und wollt' es schon aufgeben, als mir der Gedanke kam, mein Auge auf das Exterritoriale zu richten, auf das Nicht-Berlin in Berlin, auf die fremden Inseln im heimischen Häusermeer, auf die *Gesandtschaften*. Das Neue darin erfüllte mich momentan mit Begeisterung und riss mich zu dem undankbaren Zitate hin, undankbar gegen unsere gute Stadt: »Da, wo du *nicht* bist, ist das Glück.«

Also Gesandtschaften! Herrlich. Aber wie sollte sich das alles in Szene setzen? Wollt ich interviewen? Ein Gedanke, nicht auszudenken.

Und so stand ich denn in der Geburtsstunde meiner Begeisterung auch schon wieder vor einer Ernüchterung, der ich unterlegen wäre, wenn ich mich nicht rechtzeitig einer mehr als 30 Jahre zurückliegenden Ausstellung erinnert hätte, die der damals von seiner Weltreise zurückkehrende Eduard Hildebrandt vor dem Berliner Publikum zu veranstalten Gelegenheit nahm. Wie wenn es gestern gewesen wäre, steht noch der Siam-Elefant mit der blutrot neben ihm untergehenden Sonne vor mir; was mir aber in der Reihe jener damals ausgestellten Aquarelle mindestens ebenso schön oder vielleicht noch schöner vorkam, waren einige farbenblasse, halb hingehauchte Bildchen, lang gestreckte Inselprofile, die, mit ihrem phantastischen Felsengezack in umschleierter Morgenbeleuchtung, vom Bord des Schiffes her aufgenommen worden waren. Nur vorübergefahren war der Künstler an diesen Inseln, ohne den Boden derselben auch nur einen Augenblick zu berühren, und doch hatten wir das Wesentliche von der Sache, die Gesamtphysiognomie. Das sollte mir Beispiel, Vorbild sein, und in ganz ähnlicher Weise wie Hildebrandt an den Seychellen und Komoren wollt' ich an den Gesandtschaften vorüberfahren und ihr Wesentliches aus ehrfurchtsvoller und bequemer Entfernung studieren.

Aber mit welcher sollt' ich beginnen? Ich ließ die Gesamtheit der Gesandtschaften Revue passieren, und da mir als gutem Deutschen der Zug innewohnt, alles, was weither ist, zu bevorzugen, entschied ich mich natürlich für China, Heydt-Straße 17. China lag mir auch am bequemsten, an meiner täglichen Spaziergangslinie, die, mit der Potsdamer Straße beginnend, am jenseitigen Kanalufer entlangläuft und dann unter Überschreitung einer der vielen kleinen Kanalbrücken von größerem oder geringerem (meist geringerem) Rialtocharakter am Tiergarten hin ihren Rücklauf nimmt, bis der Zirkel an der Ausgangsstelle sich wieder schließt.

Eine Regenwolke stand am Himmel; aber nichts schöner als kurze Aprilschauer, von denen es heißt, dass sie das »Wachstum« fördern; und so schritt ich denn »am leichten Stabe«, nur leider um einiges älter als Ibykus, auf die

Potsdamer Brücke zu, deren merkwürdige Kurvengeleise, darauf sich die Pferdebahnwagen in fast ununterbrochener Reihe heranschlängeln, immer wieder mein Interesse zu wecken wissen. Und so stand ich auch heute wieder an das linksseitige Geländer gelehnt, einen rotgestrichenen Flachkahn unter mir, über dessen Bestimmung eine dicht neben mir angebrachte Brückentafel erwünschte Auskunft gab: »Dieser Rettungskahn ist dem Schutze des Publikums anempfohlen.« Ein zu schützender Retter; mehr bescheiden als vertrauenerweckend.

Von meinem erhöhten Brückenstand aus war ich aber nicht bloß in der Lage, den Rettungskahn unter mir, sondern auch das schon jenseits der Eisenschienen gelegene Dreieck überblicken zu können, das, zunächst nur als Umspann- und Rasteplatz für Omnibusse bestimmt, außerdem noch durch zwei jener eigenartigen und modernster Zeit entstammende Holzarchitekturen ausgezeichnet ist, denen man in den belebtesten Stadtteilen Berlins trotz einer gewissen Gegensätzlichkeit ihrer Aufgaben so oft nebeneinander begegnet. Der ausgebildete Kunst- und Geschmackssinn des Spree-Atheners, vielleicht auch seine Stellung zu Literatur und Presse, nimmt an dieser provozierenden Gegensätzlichkeit so wenig Anstoß, dass er sich derselben eher erfreut als schämt; und während ihm ein letztes dienstliches Verhältnis der kleineren Bude zur größeren außer allem Zweifel ist, erkennt er in dieser größeren, mit ihren schräg aufstehenden Schmal- und Oberfenstern zugleich eine kurzgefasste Kritik all der mehr dem Idealen zugewandten Aufgaben der Schwesterbude.

Dieser Letzteren näherte ich mich jetzt, und zwar in der bestimmten Absicht (es war gerade Erscheinungstag der neuen Nummer), ein Exemplar der »Freien Bühne« zu erstehen, der »Freien Bühne«, deren grünen Umschlag einschließlich seiner merkwürdigen Titelbuchstaben im Stile von »Neue Lieder, gedruckt in diesem Jahr« ich schon von fernher erkannt hatte. Wissend, dass dieser Aufsatz bestimmt sei, in einem der nächsten Hefte besagter Wochenschrift zu erscheinen, hielt ich es für eine Anstandspflicht, durch Selbstbesteuerung meine staatliche Zugehörigkeit auszudrücken, und richtete deshalb, als ich nahe genug heran war, um bequem auf den grünen Umschlag hindeuten zu können, an die dame de comptoir die herkömmlich Frage: »Wie viel?« »Vierzig Pfennig.« »Und wird viel gekauft?« »Ja«, sagte sie freundlich und zugleich verschmitzt genug, um mir ihre Mitverschworenschaft außer Zweifel zu stellen.

Das Heft vorsichtig unter den Rock knöpfend, war ich inzwischen bis an den Anfang jener Straßenlinie vorgedrungen, die sich unter verschiedenen Namen bis zu dem Zoologischen Garten hinaufwindet, die ganze Linie eine Art Deutz, mit Köln am anderen Ufer, dessen Dom denn auch von der Matthäikirchstraße her herrlich herübersah und die Situation beherrschte. Nun kam »Blumes Hof« und gleich danach die Genthiner Straße mit ihrem Freiblick auf den Magdeburger Platz; und abermals eine Minute später stand ich vor Lützowufer 6–8, oder was dasselbe sagen will, vor dem drei Häuserfronten in Anspruch nehmenden »Statistischen Amt« – einem ganz eigenartigen Bau, der sich nur zu sehr mit den grundlegenden Prinzipien der Baukunst, wonach Großes und Kleines, und wenn es die Statistik wäre, seiner speziellen Bestimmung gemäß gestaltet werden muss, zu decken scheint.

Und nun war der Brückensteg da, der mich nach China hinüberführen sollte. So schmal ist die Grenze, die zwei Welten voneinander scheidet. Eine halbe Minute noch, und ich war drüben.

Kieswege liefen um einen eingefriedeten lawn, den an dem einen Eck ein paar mächtige Baumkronen überwölbten. Da nahm ich meinen Stand und sah nun auf China hin, das chinesisch genug dalag. Was da vorüberflutete, gelb und schwer und einen exotischen Torfkahn auf seinem Rücken, ja, war das nicht der Yang-tse-kiang oder wenigstens einer seiner Arme, seiner Zuflüsse? Am echtesten aber erschien mir das gelbe Gewässer da, wo die Weiden sich überbeugten und ihr Gezweig eintauchten in die heilige Flut. Merkwürdig, es war eine fremdländische Luft um das Ganze her, selbst die Sonne, die durch das Regengewölk durchwollte, blin-

zelte chinesisch und war keine richtige märki-
sche Sonne mehr. Alles versprach einen über-
reichen Ertrag, ein Glaube, der sich auch im
Näherkommen nicht minderte; denn an einer
frei gelegten Stelle, will sagen da, wo die Ma-
schen eines zierlichen Drahtgitters die chinesische Mauer durchbrachen, sah ich auf einen
Vorgarten, darin ein Tulpenbaum in tausend
Blüten stand und ein breites Platanendach darüber. Alle so echt wie nur möglich, und so war
es denn natürlich, dass ich jeden Augenblick
erwartete, den unvermeidlichen chinesischen
Pfau von einer Stange her kreischen zu hören.

Aber er kreischte nicht, trat überhaupt nicht
in Erscheinung, und als mein Hoffen und Harren eine kleine Viertelstunde lang ergebnislos
verlaufen war, entschloss ich mich, ein lang-
sames Umkreisen des chinesischen Gesamt-
Areals eintreten zu lassen. Ich rückte denn
auch von Fenster zu Fenster vor, aber wiewohl
ich, laut Wohnungsanzeiger, sehr wohl wusste,
dass, höherer Würdenträger zu geschweigen,
sieben Attachés ihr Heimstätte hier hatten, so
wollte doch nichts sichtbar werden, eine Tatsa-

che, die mir übrigens nur das Gefühl einer Ent-
täuschung, nicht aber das einer Missbilligung
wachrief. Im Gegenteil. »Ein Innenvolk«, sagte
ich mir, »feine, selbstbewusste Leute, die jede Schaustellung verschmähn. All die kleinen
Künste, daran wir kranken, sind ihnen fremd geworden, und in mehr als einer Hinsicht ein Ideal
repräsentierend, veranschaulichen sie höchs-
te Kultur mit höchster Natürlichkeit.« Und in
einem mir angebornen Generalisierungshange
das Thema weiter ausspinnend, gestaltete sich
mir der an Fenster und Balkon ausbleibende
Chinese zur Epopöe, zum Hymnus auf das
Himmlische Reich.

Schließlich, nachdem ich noch einigermaßen mühevoll, weil durch den Flur des Hauses
hin, einen in einer Hofnische stehenden anti-
ken Flötenspieler entdeckt hatte, war ich um die
ganze Halbinsel herum und stand wieder vor
dem Gitterstück mit dem Tulpenbaum dahinter. Aber die Szene hatte sich mittlerweile sehr
geändert; und während mehr nach rechts hin, in
Front der massiven Umfassungsmauer, vier Jungen Murmel spielten, sprangen mehr nach links

hin, vor einem ähnlichen Mauerstück, mehrere Mädchen über die Korde. Die älteste mochte elf Jahre sein. Jede Spur von Mandel- oder auch nur Schlitzäugigkeit war ausgeschlossen, und das mutmaßlich mit Wasser und einem ausgezahnten Kamm behandelte Haar fiel, in allen Farben schillernd, über eine fusslige Pellerine, der Teint war griesig und die grauen Augen vorstehend und überäugig; so hupste sie, gelangweilt, weil schon von Vorahnungen kommender Herrlichkeiten erfüllt, über die Korde, der Typus eines Berliner Kellerwurms.

Ich sah dem zu. Nach einigen Minuten aber ließen die Jungens von ihrem Murmelspiel und die Mädchen von ihrem über die Kordespringen ab und gaben mir, auseinanderstiebend, erwünschte und bequeme Gelegenheit, die blau und roten Inschriften zu mustern, die gerade da, wo sie gespielt hatten, die chinesische Mauer reichlich bedeckten. Gleich das Erste, was ich las, war durchaus dazu angetan, mich einer reichen Ausbeute zu versichern. Es war das Wort »Schautau«. Wenn »Schautau« nicht chinesisch war, so war es doch mindestens chinesiert, vielleicht ein bekannter Berolinismus, in eine höhere fremdländische Form gehoben. Aber all meine Hoffnungen, an dieser Stelle Sprachwissenschaftliches oder wohl gar Geschichte von den Steinen herunterlesen zu können, zerrannen rasch, als ich die nebenstehenden Inschriften überflog. »Emmy ist sehr, sehr nett« stand da zunächst mit Kinderhandschrift über drei Längssteine hingeschrieben, und es war mir klar, dass eine schwärmerische Freundin Emmys (welche Letztere wohl kaum eine andere als die mit der Pellerine sein konnte) diese Liebeserklärung gemacht haben müsse. Parteiungen hatten aber auch dies Idyll an der Mauer schon entweiht, denn dicht daneben stand: »Emmy ist ein Schaf«, welche kränkende Bezeichnung sogar zweimal unterstrichen war. Auf welcher Seite die tiefere Menschenkenntnis war, wer will es sagen? Hass irrt, aber Liebe auch.

Ich hing dem allem noch nach, mehr und mehr von der Erfolglosigkeit meiner Suche, zugleich auch von der Notwendigkeit eines Rückzuges durchdrungen. Ich trat ihn an, nachdem

ich zuvor noch einen Blick nach dem gegenübergelegenen Hause, Heydt-Straße 1, empor-
gesandt hatte. Hier nämlich wohnt Paul Lin-
dau, der, als er vor kaum einem Jahrzehnt in
diese seine Chinagegenüberwohnung einzog,
wohl schwerlich ahnte, dass er, ach, wie bald,
von einem Landsmann (auch Johannes Schlaf
ist ein Magdeburger) in den Spalten dieser Zeitschrift als Stagnant und zurückgebliebener Chi-
nesling erklärt werden würde.

Was nicht alles vorkommt!

Und wieder eine Viertelstunde später, so lag
auch die heuer schon im April zur Maienlau-
be gewordene Bellevuestraße hinter mir, und
scharf rechts biegend, trat ich bei Josty ein, um
mich, nach all den Anstrengungen meine Suche, durch eine Tasse Kaffee zu kräftigen. Es war
ziemlich voll unter dem Glaspavillon oben, und
siehe da, neben mir, in hellblauer Seide, saßen
zwei Chinesen, ihre Zöpfe beinah kokett über
die Stuhllehne niederhängend. Der jüngere,
der erraten mochte, von welchen chinesischen
Attentaten ich herkam, sah mich schelmisch
freundlich an, so schelmisch freundlich, wie

nur Chinesen einen ansehen können, der ältere aber war in seine Lektüre vertieft, nicht in Konfutse, wohl aber in die Kölnische Zeitung. Und als nun die Tasse kam und ich das anderthalb Stunden lang vergeblich gesuchte Himmlische Reich so bequem und so mühelos neben mir hatte, dacht' ich Platens und meiner Lieblingsstrophe:

Wohl kommt Erhörung oft geschritten
Mit ihrer himmlischen Gewalt,
Doch *dann* erst hört sie unsre Bitten,
Wenn unsre Bitten lang verhallt.

Adolph Menzel: *Spaziergängerin am Springbrunnen im Kurgarten in Kissingen*, 1885

EINE FRAU IN MEINEN JAHREN

»Erlauben Sie mir, meine gnädigste Frau, Ihnen Ihren Becher zu präsentieren …«

Die Dame verneigte sich.

»Und Ihnen auf Ihrer Brunnenpromenade Gesellschaft zu leisten. Immer vorausgesetzt, dass ich keine Verlegenheiten schaffe.«

»Wie wäre das möglich, Herr Rat! Eine Frau in meinen Jahren …«

»Es gibt keine Jahre, die gegen die gute Meinung unserer Freunde sicherstellen. Am wenigsten hier in Kissingen.«

»Vielleicht bei den Männern.«

»Auch bei den Frauen. Und wie mir scheinen will, mit Recht. Ich erinnere mich eines kleinen anekdotischen Hergangs aus dem Leben der berühmten Schröder …«

»Der Mutter der Schröder-Devrient?«

»Derselben.«

»Und was war es damit?«

»Eines Winters in Wien sprach sie von ihrem zurückliegenden Liebesleben und von dem unendlichen Glücksgefühl, all diese Torheit nun endlich überwunden und vor den Anfällen ihrer Leidenschaft Ruhe zu haben. Und einigermaßen indiskret gefragt, *wann* sie den letzten dieser Anfälle gehabt habe, seufzte sie: vor zwei Monaten.«

»Und wie alt war sie damals?«

»Dreiundsechzig.«

»Also mehr als nötig, um meine Mutter zu sein. Und doch bleib ich bei meinem Ausspruch: ›eine Frau in meinen Jahren‹ … Aber wer war nur die stattliche Dame, der Sie sich gestern anschlossen, um sie als Cavaliere servente bis an den Finsterberg zu begleiten?«

»Eine Freundin, Baronin Assmannshausen, und seit vorgestern Großmutter, wie sie mir selbst mit Stolz erzählte.«

»Mit Stolz? Aber doch noch hübsch und lebhaft. Und dazu der feurige Name. Sehen Sie sich vor und gedenken Sie der Schröder.«

»Ach, meine Gnädigste, Sie beliebten zu

scherzen. Ich, für mein Teil, *ich* darf sagen, ich habe abgeschlossen.«

»Wer's Ihnen glaubt! Männer schließen *nie* ab und brauchen es nicht und wollen es auch nicht. Soll ich Ihnen, bloß aus meiner näheren Bekanntschaft, die Namen derer herzählen, die noch mit siebzig in den glücklichsten Ehestand eintraten? Natürlich Kriegshelden, die den Zug eröffnen und schließen … Aber hier ist schon der Brückensteg und die Lindelsmühle. Wollen wir umkehren und denselben Weg, den wir kamen, zurückmachen, oder gehen wir lieber um die Stadt herum und besuchen den Kirchhof? Er ist so malerisch und weckt der Erinnerungen so viele. Sonderbarerweise auch für mich. Oder besuchen Sie nicht gerne Kirchhöfe?«

»Grabsteine lesen nimmt das Gedächtnis.«

»Dem ließe sich auf einfachste Weise vorbeugen: man liest sie nicht … Aber freilich, es gibt ihrer unter dem starken Geschlecht so viele, die sich überhaupt nicht gerne daran erinnern lassen, dass alles einmal ein Ende nimmt, mit anderen Worten, dass man stirbt.«

»Ich für meine Person zähle nicht zu diesen, mein Leben liegt hinter mir, und ich darf Ihnen ruhig wiederholen: ich habe abgeschlossen.«

Die Dame lächelte still vor sich hin und sagte: »Nun denn also, zunächst um die Stadt und dann nach dem Kirchhof.«

Und dabei passierten sie den Lindelsmühl-Steg und schlugen einen Wiesen- und Feldweg ein. Über ihnen zog Gewölk im Blauen, und beide freuten sich des frischen Luftzuges, der von den Nüdlinger Bergen her herüberwehte. Hart am Weg hin blühte roter Mohn, und die Dame bückte sich danach und begann die langen Stiele zusammenzuflechten. Als sie schon eine Girlande davon in Händen hielt, sagte sie: »Der rote Mohn, er ist so recht die Blume, die mir zukommt; bis sechzehn blühen einem die Veilchen, bis zwanzig Rosen und um dreißig herum die Verbenen, an deren deutschem Namen ich klüglich vorübergehe. Dann ist es vorbei, man pflückt nur noch Mohn, heute roten und morgen vielleicht schon weißen Mohn, und flicht sich Kränze daraus. Und so *soll* es auch sein. Denn Mohn bedeutet Ruhe.«

~

So schritten sie weiter, bis der von ihnen eingeschlagene Feldweg wieder auf eine breite, dicht neben einem Parkgarten hinlaufende Fahrstraße führte. Platanen und Ahorn streckten ihr Gezweige weit über das Gitter hin, aus dem Parke selbst aber, der einem großen Hôtel zugehörte, rollten in ebendiesem Augenblicke junge Sportsmen auf die fast tennenartige Chaussee hinaus, Radfahrer, Bicycle-Virtuosen, die hoch oben auf ihrem Reitstuhl saßen und unter Gruß und Lachen vorübersausten. Ihre kleinen Köpfe, dazu die hageren, im engsten Trikot steckenden Figuren ließen keinen Zweifel darüber, dass es Fremde waren.

»Engländer?«

»Nein, Amerikaner«, sagte die Dame, »meine täglichen vis-à-vis an der Table d'hôte. Und sonderbar, mir lacht immer das Herz, wenn ich sie sehe. Das frischere Leben ist doch da drüben, und in nichts war ich mit meinem verstorbenen

Manne, der ein paar Jahre lang in New York und an den großen Seen gelebt hatte, so einig, wie in diesem Punkt, und wir schwärmten oft um die Wette. Die Wahrheit zu gestehen, ich begreife nicht, dass nicht alles auswandert.«

»Und ich meinerseits teile diesen Enthusiasmus und habe mich, eh ich ins Amt trat, ernsthaft mit dem Plan einer Übersiedelung beschäftigt. Aber das liegt nun zwanzig Jahre zurück und ist ein für allemal begraben. Amerika, weil es selber jung ist, ist für die Jugend. Und ich …«

»… habe abgeschlossen,« ergänzte sie lachend. »Freilich, je mehr Sie mir's versichern, je weniger glaub ich's. Sehen Sie, dort ist der Finsterberg, nach dem Sie gestern Ihren langen Spaziergang richteten und der Sie jetzt zu fragen scheint: ›Wo haben Sie die Baronin?‹ … Wie hieß sie doch?«

»Ich denke, wir lassen den Namen, und was den Finsterberg angeht, er sieht mich *zu* gut aufgehoben, um solche Frage zu tun.«

~

Unter solchem Geplauder waren sie bis an ihr vorläufiges Ziel gekommen und stiegen, an dem Bildstöckl vorbei, die Steintreppe zu dem Kirchhofe hinauf. In dem gleich links gelegenen Mesnerhause standen alle Türen auf, und auf Dach und Fensterbrett quirilierten die Spatzen.

»Ich übernehme nun die Führung«, sagte die Dame. »Grabsteine lesen, so bemerkten Sie, nimmt das Gedächtnis. Gut, es soll wahr sein. Aber ganz kann ich es Ihnen nicht erlassen. Sehen Sie hier …: Kindergräber; eines neben dem andern. Und nun lesen Sie.«

Der Begleiter der Dame säumte nicht zu gehorchen und las mit halblauter Stimme: »Hier ruht das unschuldige Kind …« Aber kaum, dass er bis zu diesem Wort gelesen hatte, so trat er aus freien Stücken näher an den Grabhügel heran, um den vom Regen halb verwaschenen Namen bequemer entziffern zu können.

»O nicht doch« unterbrach sie lebhaft. »›Hier ruht das unschuldige Kind‹, das reicht aus, das ist genug, und immer, wenn ich es lese, gibt es mir einen Stich ins Herz, dass gerade *dies* die Stelle war, wo die Preußen einbrachen, *hier*, durch eben dieses Kirchhofstor, und das Erste, was sie niedertraten und umwarfen, das waren diese Kreuze mit ihrer schlichten, so herzbeweglichen Inschrift ... Aber kommen Sie, Kindergräber erzählen nicht viel und sind nur rührsam. Ich will Sie lieber zu Ruth Brown führen.«

»Zu Ruth Brown? das klingt so englisch.«

»Und ist auch so: Generalin Ruth Brown. Übrigens ist die Geschichte, die sich an ihr Grab knüpft, an ihr Grab als solches, eigentlich die Hauptsache. Denken Sie, die Generalin hat hier eine Art Mietsgrab bezogen oder wenigstens ein Grab aus zweiter Hand.«

»A second-hand grave?«

»Ja, so könnte man's beinah nennen. Dies Grab hier hatte nämlich ursprünglich einen anderen Insassen und war die leicht ausgemauerte Behausung eines bei Kissingen gefallenen Offiziers. Als dieser Offizier aber in seine, wenn ich nicht irre, westpreußische Heimat geschafft und die Gruft wieder leer war, wurde sie neu gewölbt und neu gewandet, und nun erst zog die Generalin ein. Es ist überhaupt ein Kirchhof mit beständig gestörter Ruhe, was niemand eindringlicher erfahren hat, als *der* hier …«

Und dabei war die Dame von dem Grabe der Generalin an ein Nachbargrab herangetreten, aus dessen Inschrift ihr Begleiter unschwer entzifferte, dass der Sattlermeister Karl Teschner aus Groß-Glogau seine letzte Wohnung darin gefunden habe.

»Haben Sie gelesen?«

»Ja. Was ist damit?«

»Nichts Besonderes … Und doch ein Grabstein, den ich nie zu besuchen unterlasse. Sehen Sie schärfer hin, und Sie werden erkennen, dass es ein zusammengeflickter Stein ist. Und das kam so. Den 7. Juli 65 starb hier (denn leider auch Kurgäste sterben) der Groß-Sattlermeister, dessen Namen Sie soeben gelesen haben, und wurde den 10. desselben Monats an dieser Stelle begraben. Und genau ein Jahr später, ja fast auf die Stunde, schlug hier, vom Altenberg her, eine preußische Granate mitten auf den Grabstein und schleuderte die Stücke nach allen Seiten hin auseinander. Etwas unheimlich. Aber das Ganze hat doch, Gott sei Dank, ein

29

versöhnliches Nachspiel gehabt, denn kaum dass die Glogauer Bürgerschaft von dem Grabsteinunglück ihres Groß-Sattlermeisters gehört hatte, so zeigte sie sich beflissen, für Remedur zu sorgen, und hat die Grabsteinstücke wieder zusammenkitten und alles in gute Wege bringen lassen. Eine Mosaik, die mehr sagt, als manche Museums-Mosaik. Aber nun bin ich matt und müde geworden, und Sie müssen mich, eh ich Sie freigebe, noch bis an meine Lieblingsstelle begleiten.«

Es war dies eine von einer Trauer-Esche dicht überwachsene, ziemlich in der Mitte des Kirchhofs gelegene Bank, in deren unmittelbarer Nachbarschaft ein prächtiger und durch besondere Schönheit ausgezeichneter Granitwürfel mit Helm und Schwert hoch aufragte.

»Wem gilt es?«

»Einem Freunde. Ja, das war er mir. Und dass ich es gestehe, mehr noch als das. Und dann kam das Leben, um uns zu trennen. Aber diese frühesten Eindrücke bleiben, wenigstens einem Frauenherzen. Fast ein Menschenalter ist darüber hingegangen (ich war noch ein halbes Kind damals) und wär' ich gestorben, wie's mein Wunsch und meine Hoffnung war, so hätt' es auch auf meinem Grabsteine heißen dürfen: ›Hier ruht das unschuldige Kind.‹ Aber ich starb nicht und tat, was alle tun, und vergaß oder schien doch zu vergessen. Ob es gut und ob ich glücklich war? Ich habe kein Recht zu Konfidenzen. Aber es wurde mir doch eigen zu Sinn, als ich vor drei Wochen zum ersten Male diesen Kirchhof betrat und nach so viel zwischenliegender Zeit und ohne jede Spur von Ahnung, welches Wiederfinden meiner hier harren würde, diesem Denkmal und diesem mir so teuren Namen begegnete.«

»Was trennte Sie? Können Sie's erzählen?«

»Eine Frau in meinen Jahren kann alles erzählen, ihre Fehler gewiss und ihre Fehltritte beinah. Aber erschrecken Sie nicht, ich bin allezeit entsetzlich konventionell und immer auf der graden Straße gewesen, fast mehr, als mir lieb ist. Es heißt zwar, die Straße sei zu bevorzugen und es mache glücklich, auf einen glatten Lebensweg zurückblicken zu können. Und ich will es nicht gradezu bestreiten. Aber interessanter ist der Rückblick auf ein kupiertes Terrain.«

~

So sprachen sie weiter, und während ihr Gespräch noch andauerte, hatte sich ihnen der alte Mesner genähert, zwei Stocklaternen in der Rechten und einen großen Kirchenschlüssel an einem Lederriemen über den Arm gehängt.

»Was gibt es?«

»Ein Begräbnis, gnädge Frau. In a Viertelstund' müssens da sein. A Kind wie a Engel. Aber G'vatter Tod isch a Kenner, un wenn er kann, nimmt er nichts Schlechts. I werd a paar Stühl' zurechtstelle für die gnädge Frau un den Herrn Gemoahl.«

»Nicht doch, Mesner, der Herr da ist nicht mein Gemahl. Er ist schon ein Witwer und hat abgeschlossen.« Und dabei malte sie mit dem Sonnenschirm in den Sand.

»Hätt i doch g'dacht, Sie wär'n a Paar, un a stattlich's un glücklich's dazu, so gut passe Sie zusammen. Und so charmant; besunners die gnädge Frau.«

»Aber Mesner, Sie werden mich noch eitel machen ... Eine Frau in meinen Jahren ...«

»Ach, die Jahre sind nichts, das Herz ist alles. Und solang es hier noch schlägt, hat keiner abgeschlossen. Abschluss gibt erscht der Tod. Aber da kummen's schon. Und's is Zeit, dass i geh un die Lichter ansteck.«

Indem auch hörte man schon Gesang von der Straße her und nicht lange mehr, so sahen sie den Zug die Steinstufen heraufkommen, erst die Chorknaben, mit Kerzen und Weihrauchbecken, und dann der Geistliche in seinem Ornat. Dahinter aber der Sarg, der von sechs Trägern, zu deren Seite sechs andere gingen, getragen wurde. Und hinter dem Sarg her kamen die Leidtragenden, und zwischen den Gräbern hin bewegte sich alles auf die Kirchhofskapelle zu.

»Sollen wir uns anschließen?«

»Nein«, antwortete sie. »Ich denke, wir bleiben, wo wir sind; es ist mir, als müsst' es mich dadrinnen erdrücken. Aber mit unserem Ohre wollen wir folgen, die Tür steht auf, und die Luft ist so still. Und ich glaube, wenn wir aufhorchen, so hören wir alles.«

Und dabei flog ein Schmetterling über die Gräber hin, und aus der Kirche her hörte man die Grabresponsorien.

Er nahm ihre Hand und sagte: »Die Tote drinnen vorm Altar predigt uns die Vergänglichkeit aller Dinge, gleichviel ob wir in der Jugend stehen oder nicht. Uns gehört nur die Stunde. Und eine Stunde, wenn sie glücklich ist, ist viel. Nicht das Maß der *Zeit* entscheidet, wohl aber das Maß des *Glücks*. Und nun frag ich Sie, sind wir zu alt, um glücklich zu sein?«

»Um abgeschlossen zu haben?«

»Es ist ein sonderbarer Zeitpunkt, den ich wähle«, fuhr er fort, ohne der halb scherzhaften Unterbrechung, in der doch ein gefühlvoller Ton mitklang, weiter zu achten. »Ein sonderbarer Zeitpunkt: ein Friedhof und dies Grab. Aber der Tod begleitet uns auf Schritt und Tritt und lässt uns in den Augenblicken, wo das Leben uns lacht, die Süße des Lebens nur umso tiefer empfinden. Ja, je gewisser das Ende, desto reizvoller die Minute und desto dringender die Mahnung: nutze den Tag.«

Als die Zeremonie drinnen vorüber war, folgten beide dem Zuge durch die Stadt, und eine Woche später wechselten sie die Ringe. Verwandte, Freunde waren erschienen. Bei dem kleinen Festmahl aber, das die Verlobung begleitete, trat eine heitere Schwägerin an Braut und Bräutigam heran und sagte: »Man spricht von einem Motto, das eure Verlobungsringe haben sollen. Oder doch der deine, Marie.«

»Kannst du schweigen?«

»Ich denke.«

»Nun denn, so lies.«

Und sie las: ›Eine Frau in meinen Jahren‹.

George William Joy: *The Bayswater Omnibus*, 1895

IM COUPÉ

»Hier, meine Dame«, sagte der Schaffner und riss dienstfertig die Tür des Coupés auf, um sofort wieder im Gedränge zu verschwinden.

Es war auf einer Kreuzstation drei Stunden vor Köln, und im Osten, von wo der Zug kam, zog schon dämmernd der Tag herauf.

Die junge Dame folgte der ihr so bestimmt gegebenen Weisung und stand eben im Begriff, in das Coupé einzusteigen, als ihr aus dem Fond desselben ein Herr entgegentrat.

»Pardon«, sagte sie: »Ich vermutete ein Damen-Coupé.«

»Ein Coupé für Nicht-Raucher, meine Dame. Wenn Sie jedoch befehlen …« Und er machte Miene, das Coupé zu verlassen.

»Bitte, bleiben Sie, mein Herr … Nur keine Störungen … Übrigens auch schon zu spät.«

Und sie nahm ohne weiteres Zögern den

sich ihr zunächst bietenden Platz ein, während ihr Partner sich in die Ecke schräg gegenüber zurückzog. »Fertig«, klang von draußen die Stimme des Zugführers, und beide Insassen hörten nur noch, wie der vorübereilende Schaffner die bloß eingeklinkte Coupétür schloss. Im selben Augenblicke setzte sich der Zug in Bewegung und nahm unter rasch wachsendem Rasseln und Klappern alsbald seine volle Fahrgeschwindigkeit.

In der Haltung der Dame drückte sich, trotz des Vertrauens, das sie bei dieser Begegnung gezeigt hatte, eine nur zu begreifliche Spannung und Erregtheit aus, was ihrem Gegenüber nach einer kleinen Weile Veranlassung gab, sich verbindlich und mit einem Anfluge von Humor an sie zu wenden. »Ich glaube«, begann er, »sprechen ist besser als schweigen, wenigstens in der Lage, in der wir uns befinden.«

Sie verneigte sich, während er seinerseits fortfuhr: »Sie haben den Mut eines raschen Entschlusses gehabt, und ich bitte den Schluss daraus ziehen zu dürfen, dass Sie viel gereist sind, in fremden Ländern; international, eine Dame von Welt.«

»Ich könnte dies zugeben«, sagte sie, während sie zu lächeln versuchte, »wenn es nicht etwas Beängstigendes hätte, sich im ersten Moment einer Bekanntschaft als ›Dame von Welt‹ angesprochen zu sehen. Ein eigentümlich zweischneidiges Wort, schmeichelhaft und auch wieder nicht. Übrigens muss eine Dame von Welt mindestens dreißig sein. Und ich bin erst siebenundzwanzig.«

»Sonderbar. Als ich siebenundzwanzig war (beiläufig das glücklichste Jahr meines Lebens), war ich in einer ganz ähnlichen Situation wie Sie.«

»Nur mit dem Unterschiede, dass Sie keine Dame waren.«

»Nein. Und das macht freilich einen Unterschied. Aber doch nur in *einem* Stück. In der großen Hauptsache von Leben und Sterben, eine Sache beziehungsweise Frage, die mir damals ziemlich ernsthaft durch den Kopf ging, ist es gleich.«

»Und wo war das?«

»In England.«

»Ah.«

»Sie waren drüben?«

»Nein. Nicht bis *jetzt*. Ich stehe nur auf dem Punkt … Aber ich unterbrach Sie.«

»Nun denn also, ich kam damals von Brighton, Nachtzug, um auf der wundervollen Küstenbahn, die zum Teil hart am Meere hinläuft, nach Dover zu fahren. Es ging in rasender Schnelligkeit, und nur auf Station Hastings war eine Minute Verzug. Ich saß allein im Coupé. Mit einem Male wurde die Tür rasch aufgerissen, und ein Herr sprang herein, ohne dass sich ein Schaffner oder Eisenbahnbeamter gezeigt hätte. Fast im selben Augenblick erlosch das in der Mitte des Wagens hängende Lämpchen, und ich sah nur noch die brennende Zigarre meines Mitreisenden und das Glühen seiner Augen. So wenigstens schien es mir.«

»Und?«

»Dass ich's Ihnen gestehe, ich ängstigte mich nicht wenig. Es war dasselbe Jahr, wo der in London lebende deutsche Schneidergeselle Franz Müller, unter Ausnutzung einer sehr verwandten Coupé-Situation, einen stattlichen rotblonden Engländer seiner Uhr und Kette, ja sogar seiner goldenen Brille beraubt und nach einem verzweifelten Kampfe und unter Öffnung der Wagentür schließlich auf die Schienen gestürzt hatte. Keine vier Wochen, dass ich in dem Studium des Prozesses ganz aufgegangen war. Und nun war ich vielleicht selber der rotblonde Engländer mit der Uhr und der Goldbrille. Dass ich umgekehrt der andere nicht war, wusst' ich nur zu gut.«

»Erzählen Sie mir dies alles«, bemerkte die Dame, »um sich angenehm bei mir einzuführen? Oder wohl gar zu meiner Beruhigung?«

»In gewissem Sinne, ja. Wenn ich etwas Franz Müller'sches an mir hätte, würd ich ein so naives avis au lecteur aller Wahrscheinlichkeit nach unterlassen und Sie lieber durch eine Geschichte höherer Tugend und Menschenfreundlichkeit einzululen suchen.«

»Ah, ich verstehe. Nichtsdestoweniger wär' es mir lieb, Sie ließen das Thema fallen. Es geht mir im Kopf herum und quält mich, nicht um des Augenblicks, wohl aber um meiner nächsten Zukunft willen. Ich will nämlich, wie Sie vielleicht überhört haben, eben jetzt nach England, einem Lande, von dem ich ohnehin die Vorstellung unterhalte, dass es ein Tauris oder Kolchis sei, wo die Fremden irgendeinem Götzen oder sonstigem Etwas zu Ehren geopfert werden.«

»Etwas davon trifft auch zu. Nur statt des goldenen Vlieses von Kolchis haben sie drüben das Goldene Kalb. Und ihm fallen Opfer genug. Trotzdem ist dies England, über dessen ›shortcomings‹, ein unübersetzbares Wort, ich vollkommen aufgeklärt bin, vergleichungsweise das Land der Nicht-Verbrechen.«

»Sie setzen mich in Erstaunen.«

»Woraus ich nur ersehe, dass Sie die wichtigste Zeitungsrubrik, die der statistischen Notizen, von Ihrer Beobachtung ausgeschlossen haben. Sonst würden Sie weniger verwundert sein.«

»Eine Vermutung, mein Herr, die doch nicht zutrifft. Im Gegenteil, ich lese wöchentlich die große europäische Sterbetabelle: Breslau 40, Berlin 30, London 20.«

»Da haben Sie's.«

»Was? In dieser Zahlenskala hab ich doch nichts als die Prozentsätze, nach denen man in den großen Städten lebt und stirbt.«

»Aber darin liegt alles andere. Denn dem vielzitierten napoleonischen Satze, ›dass das Land mit den besten Nähnadeln auch das der besten Brauer und Bäcker, der geschicktesten Architekten und Kunstreiter sei und überhaupt alles am besten habe‹, diesem Satze möchte ich doch zustimmen dürfen. Es steht eben alles in einem inneren Zusammenhang. Der Drang nach Vollkommenheit, wenn er überhaupt erst Wurzel geschlagen, entwickelt sich von dem Augenblick an in jeder Branche des öffentlichen Lebens, und wo man, sagen wir, Epidemien am besten in Check zu halten weiß, weiß man ebenso das Kriminale bestmöglichst in Check zu halten. Mit anderen Worten, wo die Gesundheitspflege dem Tod auf die Finger sieht, da sieht auch die Sicherheitspflege dem Dieb auf die Finger, dem Dieb, dem Einbrecher, dem Garotteur. Und so immer hinauf auf der Stufe des Verbrechens.«

»Ei, da seh ich ja bei dem Schritt über den Kanal, den ich vorhabe, meine Lebenschancen erheblich wachsen. Und mit der Lebenschance vielleicht auch meine Chancen auf Glück.«

»Gewiss, wenn Leben der Güter höchstes ist. Aber ist Leben der Güter höchstes? Schiller verneint es, und ich meinerseits möchte von einem ›ja‹ und einem ›nein‹ sprechen dürfen. Nichts hängt an der Existenz an und für sich, nichts an dem Weg, den wir Leben nennen, als solchem, wohl aber alles an dem Zukünftigen, das diesen Weg begleitet. Und so gut bewahrt und äußerlich gesichert das Leben als solches in England ist, so wenig beneidenswert ist es in seinen Begegnungs-Einzelheiten für den, der sich nicht des Vorzugs erfreut, den oberen Zehntausend zuzugehören. Und welcher Fremde gehörte dazu? Kaum einer.«

»Und am wenigsten eine fremde Governess, als welche Sie mir gestatten wollen mich Ihnen hiermit vorzustellen.«

»Da sind wir Kollegen. Ich war mehrere Jahre tutor in Rugby, Grafschaft Warwick. Aber wozu diese nähere Bezeichnung, als handle sich's um eine Briefadresse? Wer Governess ist, bedarf keiner Geographienachhilfestunde.

Rugby. Keine vier Wochen, dass ich mich von ihm trennte! Nun liegt es zurück, auf immer, und nach einem kurzen Besuch in meiner Vaterstadt (ich sollte sagen auf dem Kirchhofe meiner Vaterstadt) will ich jetzt über das große Wasser. Hab ich doch Praktischsein in England gelernt und gehe jetzt über New York nach Chicago, um daselbst eine Schule zu gründen. Ich bin guten Muts und fürchte mich nur ein wenig vor Heimweh und Einsamkeit, denn ein deutsches Herz, und nun gar ein thüringisches, ich bin aus dem Schwarza-Tal, hört nicht auf, für seinen Duodezstaat und seine Kirchturmspitze zu schlagen. Aber was sprech ich davon? Heimweh und Einsamkeit, die meiner vielleicht harren, bedeuten nicht viel, sind jedenfalls nicht das Schlimmste; Hohlheit und Hochmut ertragen müssen, das ist schwerer, und das wird Ihr Los sein, wenn Sie nicht ein besonderes Glückskind sind. Ich hoffe, Sie wissen, welchen Schritt Sie tun und welchen Widerwärtigkeiten, ja vielleicht welchen Demütigungen Sie mit einer Art von Wahrscheinlichkeit entgegengehen.«

»Ich weiß es und weiß es auch nicht. Unter allen Umständen aber vertraue ich meinem guten Stern und möchte mich, wenn an nichts anderem, so doch an dem Ausspruche aufrichten dürfen, den ich eben erst Ihrer Güte verdanke: wo die Nähnadeln am feinsten sind, sind auch andere Sachen am feinsten. Und unter diesem anderen auch die Behandlungs- und Umgangsformen.«

»Gewiss. Aber nicht dem Untergebenen und Abhängigen gegenüber. Nein, meine Gnädigste, dem kann ich nicht zustimmen. Der napoleonische Satz, den ich so leichtsinnig war zu zitieren und auf den Sie sich jetzt berufen, sollte nur ausdrücken: wo *eine* Geschicklichkeit gedeiht, gedeiht zuletzt jede. Das sind alles Dinge, die mit dem Schulungs- und Lernevermögen der Menschen, mit Abrichtung und Drill zusammenhängen. Aber die Gesetze der physischen und moralischen Welt sind nicht dieselben, gehen vielmehr umgekehrt und mit einer gewissen Vorliebe sehr verschiedene Wege. Beste Bildhauer und beste Soldaten, das mag sich decken, und Sie mögen hinzusetzen: beste

Schauspieler und beste Kanzelredner auch. All das lässt sich lernen. Aber das Herz lässt sich *nicht* lernen. Das hat der eine, und der andere hat es nicht. Und wie mit den Individuen so mit den Völkern. Am meisten aber in England. In einem und demselben Hause kann die feinste gesellschaftliche Form und die schlechteste Menschenbehandlung nebeneinander hergehen. Auch in dieser schlechtesten Menschenbehandlung wird sich immer noch eine gewisse mildernde Form aussprechen, und das eigentlich Brutale wird vermieden werden, aber Sie werden den Eishauch der Lieblosigkeit und Gleichgültigkeit fühlen und vor allem das Von-oben-Herab, das so tief empört.«

»Ein jeder schafft sich seine Stellung.«

»Um Gottes willen, meine Gnädigste, nur nicht das. Unter allen redensartlichen Sätzen ist das der redensartlichste. Stellung schaffen im Hause eines Lords, dessen Omnipotenz nur noch von der Hochfahrenheit seiner Lady, von den beleidigend in die Front gerückten Zähnen seiner Zwillingstöchter und vor allem von den Insolenzen seines dreizehnjährigen Masters übertroffen wird. Stellung schaffen! Es bedarf schon eines erheblichen Maßes von Entschlossenheit, aus solcher Umgebung auch nur zu fliehen und den Mut eines Rückzugs zu haben. Ich will Ihnen mit dem herkömmlichen Vergleiche vom Vogel und der Schlange nicht ernsthaft beschwerlich fallen, aber das ist wahr, ein nur halbwegs zaghaftes Herz kennt in solcher Lage keinen andern Ausweg als Unterwerfung.«

»Ich glaube doch, dass Sie die Kraft, die Gott auch den Schwachen gegeben, um ein Erhebliches unterschätzen. Ich habe manches erfahren, und allerlei Schmerzliches, ja Schlimmeres als Schmerzliches ist mir nicht erspart geblieben. Aber ich darf doch sagen, ich bin immer siegreich aus solcher Bedrängnis hervorgegangen. Allerdings hat alles, was ich sage, *eine* ganz bestimmte Voraussetzung: ein Appell an Ehre, Pflicht und adlige Gesinnung muss möglich und eines Verständnisses und in diesem Verständnis auch einer Würdigung sicher sein. Mit einem Worte, das Haus, in das ich eintrete, muss noch ein *Gewissen* haben, wenn auch vielleicht ein tief verschüttetes. Ist dies Gewissen aber da, so gewinn ich die Partie, so gestaltet sich alles zu einer Frage festen Auftretens und selbstverständlich des guten Rechts.«

»Und Sie haben das an sich selbst erfahren?«

»Ja. Und noch dazu im Herzen von Russland. ›Ich bin in Ihrer Gewalt, Fürst‹, sagte ich, ›und Gott und der Zar sind weit, und Sie haben die Macht und die Mittel, mir Ihren Willen aufzuzwingen. Wollen Sie's? Gut. Erniedrigen Sie mich. Aber verlangen Sie nicht, dass ich die Hand dazu biete …‹«

»Und?«

»Von Stund an hatt' ich gute Tage. Er war so liebenswürdig, wie nur russische Große sein können, und die Fürstin, eine große Dame, deren erstes Auftreten bei Hofe noch in die Kaiser-Nikolaus-Tage fiel, verwöhnte mich wie ihren Papagei. Ich glaube, sie wusste, was voraufgegangen. Vielleicht aus ihres Gatten eigenem Munde. Denn es war eine sonderbare Ehe … Doch, Pardon, ich sehe Sie lächeln.«

»Ja. Doch ist es ein Lächeln, das einer ganz unpersönlichen Betrachtung gilt.«

»Und welcher, wenn ich fragen darf?«

»Der Betrachtung eines beständig fortschreitenden Amerikanismus, eines eigentümlich freiheitlichen Entwicklungsganges, den zu verfolgen seit Jahr und Tag meine Passion ist. Ein solcher Appell an Gesinnung und Ehre, nicht bloß vom Standpunkte landläufiger Moral, sondern von einem Standpunkte der Ebenbürtigkeit aus, das stammt alles von drüben, das ist modern, ist amerikanisch. Und jede neue Wahrnehmung davon erquickt mich.«

»Ich mag Ihnen nicht widersprechen, war aber bisher umgekehrt des Glaubens, die neue Welt lebe von Errungenschaften der alten.«

»In Nebensachen, ja. Ganze Pilgerzüge von drüben überschwemmen die paar Inseln und Halbinseln, die sich Europa nennen, und überall begegnet man ihnen, in Dresden vor der Sixtinischen, in Rom vor dem Papst und in Oberammergau vor dem gekreuzigten Christus. Ja, da stehen sie zu Hunderten und Tausenden und starren und gaffen und kritzeln ihre Notizen in ihre ›Guides‹ und ›Handbooks‹ und am Abend alles noch mal in ihre Tagebücher. Aber was bedeutet es? Unser altes Europa hat den Charakter einer Reisesehenswürdigkeit angenommen, wie Troja, wie Mykene, wie die Pyramiden, und man bewundert, von Station zu Station, alte Schlösser und alte Kirchen, alte Waffen und alte Bilder und schließlich auch alte Menschen. Denn ein Provinzial- oder Kreistags-Deputierter, auch wenn er erst dreißig Jahre zählt, was ist er anders als ein alter Mensch?«

Es schien, dass seine Reisegefährtin antworten wollte. Er aber übersah es oder wollte es übersehen und fuhr seinerseits fort: »Ich sage das alles von einem gewissen amerikanischen Standpunkte aus, den ich, noch eh ich die neue Welt betreten, schon ganz aufrichtig zu dem meinigen gemacht habe. Deutschland, Italien, das alles ist den Leuten drüben ein bloßer Ausstellungspark geworden, eine Kunstkammer, ein archäologisches Museum, und ich würde, wenn sich's für Amerika um eine symbolische Darstellung unseres alten Europa handelte, Schliemann und Frau, mit dem Ausgrabungsspaten in der Hand, in Vorschlag bringen. Dabei trifft es sich glücklich, dass Schliemann ein Mecklenburger ist. Alles alt, alt. Auch das noch

Unverschüttete wirkt schon wie ausgegraben. Zum Studium interessant, aber was frommt es dem lebendigen Leben? Und nun vergleichen Sie damit den Einfluss Amerikas auf *uns*. Unsere Daseinslust hat es auf der einen Seite gesteigert, und das Elend, das aller Menschen Erbteil ist, hat es auf der anderen Seite, wenn nicht zum Schweigen gebracht, so doch eingelullt. Es bedeutet etwas und ist mindestens ein sinnreicher Zufall, dass wir der neuen Welt alle Mittel verdanken (oder doch die besten und wirkungsvollsten unter ihnen), unseren physischen Schmerz zu stillen. Und in der Geisteswelt ist es kaum anders. Amerika, wie viel es uns schulden mag, hat ein Recht, uns zuzurufen: ›Unser Schuldbuch ist zerrissen.‹«

»Und fürchten Sie nicht, sich durch Erlebnisse vielleicht widerlegt und umgestimmt zu sehn?«

»Nein. Das ist ausgeschlossen. Meine persönlichen Erwartungen können scheitern, aber ich kann in der großen Frage selbst ganz unmöglich anderen Sinnes werden. Es ist damit wie mit den Zehn Geboten oder der Erscheinung Christi. Die Zehn Gebote, zu denen ich mich freudig bekenne, mögen mir unbequem werden, und die Heilslehre kann mir, sei's durch meine Schuld oder mein Schicksal, ihren Dienst und ihren Segen versagen, aber ich kann nicht erschüttert werden in meinem Glauben an ihr Recht und ihre Größe.«

»Sie so sprechen zu hören beglückt mich, und wie jede Begeisterung mit fortreißt, so fühl ich plötzlich eine Neigung in mir erwachen, England nur als eine Etappe zu nehmen und über kurz oder lang auch meinerseits den Schritt in die neue Welt hinüber zu wagen.«

»Sie sollten ihn wagen, und zwar gleich, heute noch, und ich würde mich freudigen Herzens erbieten, auf lange hin, oder sagen wir lieber auf immer, Ihr Führer, Ihr Anwalt und Beschützer zu sein. Darf ich erwarten, den Dienst, in den ich mich stelle, von Ihnen nicht zurückgewiesen zu sehen?«

Am Horizont stieg der Ball herauf, und im hellen Widerschein desselben erglänzte, während nach unten zu noch alles im Nebel lag, das phantastische Zackenwerk des Kölner Doms.

Die junge Dame ließ das Fenster herab, und die frische Morgenluft drang ein.

»Überlegen wir's«, sagte sie ruhig, aber in heiterem Tone. »Jeder, der eine neue Rolle spielt, übertreibt leicht, auch wenn es die des Führers und Beschützers wäre. ›Quickness‹ soll ein amerikanisches Lebensprinzip sein. Aber man kann auch darin zu weit gehen.«

»Gewiss. Und nur *in einem* Punkte möcht ich widersprechen. Es ist kein amerikanisches Lebensprinzip, um das es sich hier handeln dürfte, sondern ein Allerweltprinzip, und es lautet: Man soll den Augenblick ergreifen. Ist es der rechte, so bedeutet es das Glück.«

Er nahm ihre Hand, und sie zog sie nicht zurück. Dann sagte sie: »Und meine Lady drüben in London?«

»Wahrhaftig ich vergaß ihrer. Und wie hieß sie?«

»Lady Pimberton, Euston-Square.«

»Gut. Wir schreiben ihr morgen von Brüssel aus, sehr artig und, wenn es sein muss, sogar devot. Und Miss Arabella (so wird sie doch wohl heißen) wird ihren ungarischen Tanz auch unter anderer Anleitung spielen lernen. Ich kenne britischen Musik-Enthusiasmus und alle Pimbertons, darauf leb ich und sterb ich, spielen nur *einen* Tanz. Mehr wäre Virtuosentum. Und Virtuosentum ist ›low‹ und ›shocking‹. Aber da ist Köln. Ich denke, wir richten unsre nächsten Schritte nach dem Dom und reichen uns noch einmal die Hand vor seinem Altarbild und seiner die Welt und das Heil in Händen haltenden Himmelskönigin.«

Adolph Menzel: *Auf der Fahrt durch schöne Natur*, 1892

ONKEL DODO

Es war im Hochsommer, als ich in Beantwortung eines an einen gutsbesitzenden Freund gerichteten Briefes folgende Zeilen empfing:

»*Insleben* a. Harz, den 20. Juli.

Lieber Freund! Es freut sich alles hier, Dich wiederzusehen, am meisten meine Frau, die nun mal von den großstädtischen Neigungen und Gewohnheiten nicht lassen kann. Du wirst auf der Veranda die herkömmlichen Dreistunden-Gespräche mit ihr führen und neben Literatur und Theater vielleicht auch die kirchliche Kontroverse mit bekannter Unparteilichkeit beleuchten. Aber sei nicht zu gerecht. Frauen sind für Parteinahme, versteht sich, wenn es ihrer Partei zugutekommt. Um diese Plaudereien, so denk ich mir, wirst

Du nicht herumkommen, auch kaum herumkommen *wollen*, wenn Du nicht inzwischen
ein anderer geworden bist. Im Übrigen, und
dies ist die Hauptsache, werden wir sorglich
im Auge behalten, was Dich zu uns führt: Du
sollst von niemandem gestört werden und
ganz Deiner Erholung leben können. Sollte
sich ein anderer Besuch einfinden, was nicht
wahrscheinlich, aber bei der Nähe des Harzes und seiner sommerlichen Anziehungs-
kraft immerhin möglich ist, so kennst Du ja
unser Haus und weißt, dass es Raum genug
hat, sich darin zurückziehen zu können. Karoline vereinigt ihre Grüße mit den meinigen.
Auch die Kinder freuen sich und sind im Voraus angewiesen, ihr Gepolter auf Flur und
Treppen zu mäßigen. Komme denn also, je
früher, je besser, und je länger, je besser. Ich
denke, Du sollst alles finden, was Du suchest,
am meisten aber Ruhe.

Dein Otto.«

Zwei Tage später traf ich in Insleben ein und
freute mich, die lieben Gesichter wiederzuse-

hen. Alle Kinder traten an: Albert, der Älteste, war gewachsen, Alfred hatte sich embelliert, Arthur desgleichen, und nur Leopold, der Jüngste, hatte nach wie vor sein gutmütig breites Gesicht und seine Sommersprossen. Am meisten aber erfreuten mich Alice und Maud, die zu kleinen Damen herangewachsen waren. Es fehlte nicht an den üblichen Scherzen und Vergleichen, denn mein Freund, wie der Leser bereits bemerkt haben wird, hatte bei der Namensgebung an seine Kinder die britische Königsfamilie als Muster genommen. Ja, es war ein glückliches Wiedersehen, der Hausherr zeigte sich unverändert in seiner Freundschaft, und die noch schöne Mutter erschien unter ihren Kindern immer nur als die älteste Schwester. Auch die Plauderlust war geblieben, und wir saßen gleich am ersten Abend noch auf der Veranda, als das Dorf schon schlief und in dem ausgedehnten Parke vor uns nichts weiter hörbar war als das Wasser, das über ein Wehr fiel. Alles war so still, und die Lampe vor uns flackerte kaum.

~

Es war sehr spät, als ich treppauf in meine Stube ging. Sie hatte nur ein breites Fenster, ein sogenanntes Fall- oder Schiebefenster, an das ich mich nun setzte. Der Blick war derselbe wie von der Veranda aus, aber schöner und freier, und ich sah in die Sterne hinauf und atmete höher und tiefer. Und bei jedem Atemzuge war mir, als ob ich Genesung tränke. Dann ging ich zu Bett, und die lieblichen Bilder der eben erst durchlebten Stunden setzten sich in meinem Traume fort. Ich sah grüne Wiesen und Maud und Alice im Reifenspiel, und die Reifen flogen bis an den Himmel und fielen nicht wieder nieder. Und auf einer Graswalze saß die schöne Frau und sah dem Spiele zu, das die Mädchen mit einem leisen Gesange zu begleiten begannen. Aber die Mutter verbot es: »Er schläft, und wir wollen ihn nicht wecken, auch nicht mit Gesang.«

Ich war früh auf, ging durch den Park und hatte den ganzen Tag über ein Gefühl, als ob sich mein Leben nach dem Traume der letzten Nacht gestalten solle: Kein lauter Ton traf mein Ohr, und Alt und Jung übte die Rücksicht, mich frei schalten und walten zu lassen. Ich wusste wohl, wem ich dies alles und damit zugleich ein rascheres Fortschreiten meiner Rekonvaleszenz zu danken hatte. Luft und Licht heilen, und Ruhe heilt, aber den besten Balsam spendet doch ein gütiges Herz.

～

Es war noch keine Woche vergangen, und ich fühlte mich schon ein durchaus anderer. »Du bist ja wie ausgetauscht«, sagte Freund Otto beim Morgenkaffee. »Ich denke, Karoline, wir dürfen ihm jetzt ein zweites Frühstücksei verordnen. Und noch eine Woche, dann kriegt er einen gerösteten Speck. Und haben wir dich erst bei dem Mausebraten, so haben wir dich auch in der Falle, und du kommst so bald nicht wieder fort.«

Ich stimmte zu, nahm an der Heiterkeit von ganzem Herzen teil und machte, nachdem ich mich auf eine halbe Stunde verabschiedet hatte, meinen gewöhnlichen Morgenspaziergang. Als ich zurückkam, war der Frühstückstisch noch nicht abgeräumt, vielmehr fand ich das Ehepaar über Briefen, die mittlerweile vom Postboten abgegeben waren. Einige dieser Briefe reichte Otto zu seiner Frau hinüber. Ich konnte deutlich wahrnehmen, dass sich ein Lächeln um ihren Mund zog, als sie die eine Handschrift erkannte. Bald aber sah ich auch, dass sie mich von der Seite her anblickte, wie wenn sie mir etwas nicht ganz Angenehmes mitzuteilen habe. Sie besann sich aber wieder und sagte halblaut zu ihrem Manne: »Es wird schon gehen, Otto«, was dieser durch ein Kopfnicken bestätigte. Trotzdem konnt' ich den ganzen Tag über eine gewisse Zerstreutheit an ihr bemerken, zugleich eine größere Heiterkeit, als ihr sonst wohl natürlich war und die, weil nicht natürlich, mit Anflügen leiser Verlegenheit wechselte. Dies alles entging mir nicht, aber ich legte kein Gewicht darauf, und erst am anderen Morgen war es mir zweifellos geworden, dass man ein Geheimnis vor mir habe.

Der Tag war heiß, dazu hatte mein Zimmer die Vormittagssonne; links neben dem Fenster aber lag alles in Schatten, und an diese Schattenstelle schob ich jetzt Tisch und Stuhl und

las. Freilich nur kurze Zeit. Eine Müdigkeit über-
fiel mich, die mir freilich unendlich wohltat und
umso wohler, als ich darin ein neues Zeichen
wiederkehrender Genesung sah. So tat ich denn
das Buch aus der Hand und lehnte mich in den
Stuhl zurück. In dieser Lage mocht' ich zehn Minuten oder auch mehr in einem erquicklichen
Halbschlummer zugebracht haben, als ich
durch ein lautes Getöse geweckt wurde, laut,
wie wenn die wilde Jagd die Treppe heraufkäme.
Und eh ich mich noch zurechtfinden konnte,
ward auch schon die Tür aufgerissen, und der
jüngste Sommersprossige stürzte mit dem Ruf
auf mich zu: »Er ist da, er ist da!«

»Wer denn?«

»Onkel Dodo.«

Ich wusste nicht, wer Onkel Dodo war, war
aber verständig genug, mich ohne weiteres zu
freuen. »Ei, das ist schön«, sagte ich.

»Freilich«, rief der Junge. »Freilich ist das
schön.«

Und damit war er wieder hinaus.

Eine Viertelstunde später kam der Diener,
um mich zum zweiten Frühstück zu rufen. Es sei

heut etwas früher, weil der »alte Herr« eben angekommen sei.

»Onkel Dodo?«

»Zu Befehl.«

»Aber sagen Sie, Friedrich, wer ist das?«

»Das ist der Mutter-Bruder der gnädigen Frau. Regierungs- und Baurat. Aber schon lang a. D.«

»Verheiratet?«

»Nein. Alter Junggesell.«

»Nun gut. Ich komme gleich.«

Und da man auf dem Lande nicht warten lassen darf, am wenigsten, wenn ein Besuch angekommen ist, so war ich in fünf Minuten unten und wurde vorgestellt.

Onkel Dodo schüttelte mir die Hand und lachte herzlich. »Sie werden mir vorgestellt, aber ich nicht Ihnen. Meine liebe Karoline behandelt mich immer wie eine historische Person, die man kennen muss. Sagen wir Bismarck. Und ich habe doch nur *dies* hier mit ihm gemein.« Und dabei wies er auf die Stirn. »Aber ich meine nicht den Kopf. In *dem*, mein lieber Doktor, ist er mir über.«

»Ich bin ohne Titel, Herr Regierungsrat, absolut ohne Titel.«

»Desto besser! Übrigens was ich sagen wollte, Kopf hin, Kopf her, es braucht nicht jeder ein Gehirn zu haben wie Kant oder wie Schopenhauer. Oder gar wie Helmholtz. Sie kennen Helmholtz? Der soll die größte Stirnweite haben, noch mehr als Kant, der im Übrigen mein Liebling ist, von wegen dem kategorischen Imperativ. Aber das lassen wir bis später, das sind so Gespräche für eine Nachmittagspartie nach dem Waldkater oder der Rosstrappe. Denn es ist dummes Zeug, dass man unterwegs oder beim Steigen nicht sprechen solle. Gerade da. Das dehnt aus, und der Sauerstoff strömt nur so in die Lunge. Natürlich muss man eine Lunge haben. Nu, Gott sei Dank, ich hab eine. Und du auch, Leopold, nicht wahr, Junge? Wer Sommersprossen hat, wird doch wohl eine Lunge haben? Hast du?«

»Freilich, Onkel. Aber hast du uns auch was mitgebracht?«

»Prächtiger Kerl, Praktikus. Vor *dem* ist mir nicht bange. Natürlich hab ich was mitgebracht, natürlich. Und hier ist der Schlüssel, dieser dritte, und nun lauf auf mein Zimmer und schließe den Reisesack auf und pack aus. Ich komme gleich nach und werd alles verteilen, an Gerechte und Ungerechte. Oder seid ihr alle Gerechte? Oder alle Ungerechte?«

»Ungerechte, Onkel.«

»Das ist brav, Ungerechte! Die Gerechtigkeit ist bloß für die Komik. Da hab ich vorigen Winter was gelesen, ich glaube, ›die drei gerechten Amtmänner‹ …«

»Kammmacher«, verbesserte Karoline.

»Richtig, Kammmacher. Versteht sich, versteht sich, Kammmacher. Amtmänner ist Unsinn, Amtmänner sind nie gerecht … Aber da kommt ja der Lammbraten. Das ist brav, Karoline. Du kennst meine schwache Seite; Lammbraten, er hat so viel Alttestamentarisches, so was Ur- und Erzväterliches.« Und dabei nahm er Platz und band sich die Serviette vor. »Aber nicht aus der Keule, lieber Otto«, fuhr er fort. »Wenn ich bitten darf, eine Rippe, das heißt ein paar; ich bin fürs Knaupeln, und was am Knochen sitzt, ist immer das Beste.«

So sprach er weiter, und weil ihn das Sprechen und Knaupeln ganz in Anspruch nahm, konnt' ich ihn, ohne dass er's merkte, gut beobachten. Er mochte Mitte fünfzig sein, eher drüber als drunter, und konnte füglich als das Bild eines alten behäbigen Garçons gelten. Er war ganz und gar in blanke graue Leinwand gekleidet, die fast einen Seidenschimmer hatte; die Weste war derartig weit ausgeschnitten, dass man hätte zweifeln können, ob er überhaupt eine trüge, wenn nicht vorne, ganz nach unten zu, zwei kleine Knöpfe mit einem dazugehörigen Stück Zeug sichtbar geworden wären. Auch der Rock wirkte zeugknapp und fipperich, eine seiner Seitentaschen aber, aus der ein großes Taschentuch heraushing, stand weit ab, und das wenige blonde Haar, dessen er selbst schon scherzhaft erwähnt hatte, war in zwei graugelben Strähnen links und rechts hinter das Ohr gestrichen. Dem ohnerachtet – wie schon die seidenglänzende Leinwand verriet – gebrach es ihm nicht an einer gewissen Eleganz. Um den Hemdkragen, der halb hochstand, halb niedergeklappt war, war ein seidenes Tuch geschlungen, vorn durch einen Ring zusammengehalten, während auf seiner fleischigen und etwas großporigen Nase eine goldene Brille saß. Letztere war in gewissem Sinne das wichtigste Stück seiner Ausrüstung. Er nahm sie beständig ab, sah sich, zugekniffenen Auges, die Gläser an, zog aus der abstehenden Tasche sein Taschentuch und begann zu reiben, zu hauchen und wieder zu reiben. Dann fuhr er mit dem Tuche nach der Stirn, tupfte sich die Schweißtropfen fort und setzte die Brille wieder auf, um nach fünf Minuten denselben Prozess aufs Neue zu beginnen. Alles übrigens, ohne seinen Redestrom auch nur einen Augenblick zu unterbrechen.

An mir schien er ein Interesse zu nehmen und befragte mich nun mit seinen Augen. Aber es war kein eigentlich schmeichelhaftes Interesse, sondern nur ein solches, das ein Arzt an seinem Kranken nimmt. Er hatte schon gehört, dass ich angegriffenheitshalber aufs Land gekommen sei, was, neben einiger Missbilligung, viel Heiterkeit in ihm wachgerufen hatte. »Das kenn ich, das kenn ich; das sind diese modernen Einbildungen. Ich habe mir von diesen nervösen Herrchen erzählen lassen. Denke dir, Karoline, von einem hab ich gehört, er könne nur in Blau leben und in Rot schlafen. Ei, da bin ich doch besser dran, ich sage dir, ich schlafe den ganzen Tuschkasten durch. Übrigens mit diesem hier ist es nicht so schlimm. Er hat sich verweichlicht und ist bloß deshalb nicht recht im Zug. Aber sein Material ist gut, und ich will von heut ab von Tee und englischen Biscuits leben, wenn ich ihn nicht in acht Tagen wieder auf die Beine bringe. Lass mich nur machen. Er muss nur erst wieder Vertrauen zu sich selbst fassen und einsehen lernen, dass er, wenn nötig, einen Baum ausreißen kann. Es sind das Patienten, die durch wohltätigen Zwang oder, wenn du willst, durch den kategorischen Imperativ, durch eine höhere Willenskraft wiederhergestellt werden müssen.«

Ich war gleich nach dem gemeinsam eingenommenen Frühstück auf mein Zimmer zurückgekehrt, und ohne jedes Wissen und Ahnen, welches Gespräch inzwischen über mich geführt wurde, hatte ich doch ein sehr bestimmtes Gefühl, dass nach Eintreffen dieses Besuches meine glücklichen Tage gezählt seien. Ich empfand, dass ein Wirbelwind in der Luft sei, der mich jeden Augenblick fassen könne, und so warf ich mich in einen Lehnstuhl und seufzte: »Meine Ruh' ist hin.«

Es schien aber fast, als ob ich mich geirrt haben sollte, die nächsten Stunden vergingen stiller und ungestörter als gewöhnlich, und eine flüchtige Hoffnung überkam mich, meine Situation doch für schlimmer und verzweifelter als nötig angesehen zu haben. Ich las also wieder, schrieb einen langen Brief und fütterte die Vögel, die sich auf mein Fensterbrett gesetzt hatten – dann vernahm ich von fern her das Rufen des Kuckucks und frug ihn: »wie viel Tage bleib ich noch?« »Kuckuck«, und dann schwieg er wieder. »Nur *einen* Tag.« Das schien mir doch zu wenig, und ich musste lachen!

Eine halbe Stunde später klangen die bekannten drei Schläge zu mir herauf, die regelmäßig zu Tisch riefen, denn im Hause meines Freundes wurde nicht geläutet, sondern mit einem Paukenstocke gegen ein chinesisches oder mexikanisches Schild geschlagen. Es war immer, als begänne der Opferdienst in Ferdinand Cortez.

Ich beeilte mich wie gewöhnlich, war aber doch der Letzte (Maud ausgenommen, die dafür einen strafenden Blick erhielt), und gleich danach wahrnehmend, dass Onkel Dodo den Arm der Hausfrau nahm, nahm ich Maud am zweiten Finger ihrer linken Hand und sagte: »Dass du mich gut unterhältst, Maud.«

»Geht nicht. Und ist auch nicht nötig.«

»Aber warum nicht?«

Ich fühlte, wie sie, während ich so fragte, mit dem Finger schelmisch in meiner Handfläche kribbelte. Zugleich hob sie sich auf die Zehenspitzen und flüsterte mir zu: »Onkel Dodo.«

Natürlich war es so, wir verstanden uns, und kaum, dass sie das aufschlussgebende Wort gesprochen hatte, so nahmen wir auch schon unsere Plätze, die nicht mehr dieselben waren wie die Tage vorher. Ich saß heute zwischen Maud und Alice, der Hausfrau gegenüber, die wiederum ihrerseits zwischen ihrem Gatten und Onkel Dodo placiert war oder auch sich selber placiert hatte. Das Tischgebet, das sonst, trotz tiefwurzelnden Rationalismus, im Inslebener Herrenhause Haussitte war, fiel aus Rücksicht für Onkel Dodo fort, der, um ihn selber redend einzuführen, »solche Kinkerlitzchen« nicht liebte.

Wir hatten unsere Servietten eben erst auseinandergeschlagen und uns über die große schöne Melone, die der Gärtner uns auf den Tisch gesetzt hatte, noch nicht ganz ausbewundert, als ich auch schon wusste, weshalb wir im Hause, zwischen Frühstück und Mittag, drei stille Stunden verlebt hatten: Onkel Dodo war mit den vier Jungen im Park gewesen, um in einem breiten stillen Wasser, das hier floss, ein paar neue, für Alfred und Arthur mitgebrachte Angelruten zu probieren. Sie hatten auch was gefangen, einen fetten Aland, der jetzt als zweites, etwas fragwürdiges Gericht in Aussicht stand.

Alles ließ sich gut und heiter an, und Onkel Dodo vor allem, nachdem er die Serviette bandelierartig umgeknotet und seine Brille, zu vorläufiger Rast, unter den Rand der Melonenschüssel geschoben hatte, konnte füglich als ein Bild des Frohsinns und Behagens gelten. Und ihm war auch so, wie er aussah. Als er aber den dritten Löffel Suppe genommen hatte, zog er sein Sacktuch aus der Tasche, wischte sich die Schweißtropfen von Stirn und Nasensattel und sagte, während er sich ostentativ fächelte: »Kinder, es ist reizend bei euch, aber eine kannibalische Hitze: wenn ich nicht Maud und Alice vis-à-vis hätte, würd' ich glauben, in einem russischen Bade zu sitzen. Oder doch in einem römischen, was um einen Grad anständiger und zivilisierter ist. Ich bitte, das Fenster aufmachen zu dürfen.«

Und er wollte sich erheben. Aber Karoline sagte: »Du musst verzeihen, lieber Onkel, unser Freund ist Rekonvaleszent und sehr empfindlich gegen Zug.«

Onkel Dodo lachte. »Zug, Zug. Es ist noch kein halbes Jahr, dass ich mit einem Australier, einem älteren Herrn aus Melbourne oder Sydney, von Meiningen nach Kissingen fuhr. Charmanter Kerl, noch frisch trotz seiner fünfzig. Er sagte mir, dass er alle zwei Jahre herüberkäme, geschäftehalber, und das erste Wort, das er jedes Mal höre, wäre: ›es zieht‹. Und gleich darauf würd' alles heruntergelassen und hermetisch verschlossen. Ja, liebe Karoline, so sprechen Australier über Deutschland, Antipoden, Papuas und halbe Känguruvettern. Und was das Schlimmste ist, sie haben recht. Es gibt viele Lächerlichkeiten, aber das Lächerlichste ist die Furcht vor dem Zug. Und damit müssen wir brechen. Denn was ist Zug? Zug ist eine Art Doppel-Luft. Und nun frag ich dich, ist eine Doppelkrone schlechter als eine einfache? Besser ist sie. Was gut ist, wird in der Steigerung besser.«

Ein paar Fensterflügel waren inzwischen aufgemacht worden, und Onkel Dodo, nachdem er ein paar Luftzüge getan und tief aufgeatmet hatte, fuhr fort: »Ich halte Luft für das nötigste Bedürfnis, anregend und nervenstärkend, und bei Tisch ersetzt es mir den Tischwein. Und nun noch eins, lieber Doktor, worüber wir uns notwendig verständigen müssen. Ich hasse nichts mehr als Zudringlichkeit mit Ratschlägen, lasse grundsätzlich alles gehen und kümmere mich um nichts, aber dies Unbekümmertsein hat schließlich seine durch Moral und Christenpflicht gezogenen Grenzen, und wenn ein Kind über einen Schießplatz laufen will, so halt ich es zurück, und wenn einer auf dem Punkt ist, zu sticken, so bring ich ihn aus der Stickluft ins Freie. Doktor, Doktor, ich bitte Sie! Drinnen in der Stadt lass ich es mir gefallen, lass ich mir *alles* gefallen; gut, gut, ich bin kein Tyrann. Aber Sie sind jetzt grad eine Woche hier, hier am Fuße des Harzes, und fürchten sich vor Luft? Unerhört, unbegreiflich. Um was sind Sie denn hier? Um Bilder und Bücher willen? Oder um die Wache heraustreten zu sehen, wenn eine Prinzessin vorbeifährt? Um was geht man denn aufs Land? Um frischer Luft willen. Und nun haben Sie sie, können sie jeden Augenblick in vollen Zügen trinken und wollen den Erfrischungsbecher, um dessentwillen Sie hier sind, freventlich zurückschieben. Ich sehe wohl, ich bin zu rechter Zeit gekommen. Und wäre ich gleich hier gewesen, so säh' es bereits anders mit Ihnen aus. Luft, Wasser, Bewegung – alles andere ist Gift. Ich wecke Sie morgen früh, und dann beginnen wir unsere Kur. Um sechs Uhr ein Bad, natürlich kalt, dass uns die Zähne klappern, und dann abgerieben, bis wir rot wie die Krebse sind, und dann angezogen und eine Stunde durch den Park. Und danach das Frühstück. Und wenn wir dann morgen Mittag einen Zug hier haben, dass die Servietten flattern, als hingen sie noch draußen auf der Leine – glauben Sie mir, es tut Ihnen nichts. Immer nur Courage haben und Vertrauen zu sich selbst. In jedem von uns steckt ein Held und ein Weichling, und es ist ganz in unseren Willen gegeben, ob wir's mit der Kraft oder mit der Unkraft halten wollen. Ich habe meine Wahl getroffen und hab auch schon manchen bekehrt. Und nun sind Sie dran, das heißt am Bekehrtwerden zu Kraft und Genesung, und in vierzehn Tagen ist es Ihnen gleich, ob wir einen Nordost oder eine Windstille haben.«

Ich blickte verlegen vor mich hin und sagte dann, er habe gewiss recht und ich wolle auch keinen Versuch machen, ihn mit eigener Weisheit zu widerlegen. Ich berief mich nur auf den Sprüchwörter-Schatz deutscher Nation und erlaubte mir, ihm zwei davon in Erinnerung zu bringen: »alte Bäume dürften nicht verpflanzt werden«, das sei das eine, und das andere: »aus einem Hasen sei kein Löwe zu machen«.

Er lachte herzlich und fuhr dann seinerseits

fort: »Hören Sie, Doktor, das gefällt mir. Sie sagen, aus einem Hasen sei kein Löwe zu machen. Sehen Sie, wer sich so preisgibt, mit dem hat es noch gute Wege. Ja, Doktor. Und dann, was heißt Hase? Seien Sie nur ein richtiger, ein richtiger Hase könnt' Ihnen Muster und Vorbild sein. Immer wachsam, immer im Kohl, und wenn's nottut, anderthalb Meilen in zehn Minuten. *Eine* solche Force-Tour und Sie sind für immer aus der Misère heraus.«

»Ich glaub es.«

»Und Sie sind für immer aus der Misère heraus«, wiederholte Onkel Dodo mit Nachdruck, ohne meiner leisen Verspottung zu achten.

Ich hatte so gesessen, dass ich bei Schluss der Mahlzeit ein Reißen in der ganzen rechten Seite fühlte, schwieg aber und führte Maud auf die Veranda, wo jetzt der Kaffee genommen wurde.

Dies war ein reizender, von wildem Wein überwachsener Platz, nach vornhin offen, mit einem freien Blick auf einen quadratischen und von einer Böschung eingefassten Teich. Auf dem Wasser schwammen Schwäne, und eine

Strick-Fähre führte nach der von Baumgruppen umstellten Parkwiese hinüber, die sich jenseits des Teiches dehnte. Weit zurück aber, und über einen abschließenden Waldstrich hinweg, ragte der Brocken auf, mit seinem in der klaren Luft deutlich erkennbaren Brockenhause. Nähe und Ferne gleich schön. Um den Tisch her standen Garten- und Schaukelstühle, und Alice, die die Häusliche war, goss den Kaffee in die kleinen Meißner Tassen. Ein Diener reichte herum, während ein zweiter, ein Tablett in der Hand, je nach Wahl einen Cognac oder Allasch oder ein Basler Kirschwasser in die kleinen Kristallgläschen schenkte. »Ah, das ist gut«, sagte Onkel Dodo. »Ich hasse, was sich ›Likör‹ nennt, und wenn er auf ›sette‹ endigt, so hass ich ihn doppelt. Es hat etwas Französisches, etwas Süßliches, ein Anisette, ein Noisette, ein Rosette. Aber wo die gebrannten Wasser anfangen, fang ich auch an. Wasser ist immer gut, gebrannt oder nicht. Ah, ein delikates Kirschwasser …«

In diesem Augenblick sah er, dass ich dankte. »Präsentieren Sie dem Doktor nur noch mal; er wird schon nehmen. Ein solcher Rachenputzer ist auch ein kategorischer Imperativ. Er hat was Männliches, und sonderbar, ich bin abhängig von solchen Dingen. Ich kann Freundschaft halten mit Leuten, die sich einen Rettich oder einen Limburger aufs Brot legen und zwei, drei Nordhäuser herunterkippen, aber ich könnte nicht Freundschaft halten mit einem Manne, der von Baiser-Torte lebt und Crème de Cacao nippt.«

Ich verneigte mich gegen ihn und sagte, dass ich ihm darin vollkommen beipflichtete. Nichtsdestoweniger könnt' ich ihm nicht zu Diensten sein, ich hätte sehr empfindliche Membranen und mein Zäpfchen entzündete sich leicht.

Er lachte wieder. »Ein Zäpfchen. Und nun gar ein entzündetes Zäpfchen. Aber woher das alles? Alles von dem unglücklichen Flanell und den Binden und Bandagen, die schon auf dem Fechtboden ein Unsinn sind und nun mit doppelter Watte mit ins Philisterium hinübergenommen werden. Immer Tücher und Krawatten, heute seidene, morgen wollene, ja, einen kannt' ich, der beständig ein rotes Florett-Band trug, wahrhaftig, wie, wegen geheimnisvollen Mordes, vom Scharfrichter appliziert. Und es war noch ein Glück, dass ihm's die Leute nicht zutrauten und auch nicht zutrauen konnten, denn er war die größte Milchsuppe, die mir in meinem Leben vorgekommen ist. Ich bitte Sie, was soll Ihnen die hohe Krawatte, die Sie da tragen und die vielleicht noch gefüttert ist. Ein Kopf muss so frei sitzen, wie wenn er sagen wollte: ›hier bin ich.‹ Das kleidet. Und dazu braucht man einen uneingeschnürten Hals, einen Hals au naturel. Ein entzündetes Zäpfchen. Hab ich je so was gehört! Aber lassen wir's. Und nun sage mir, Otto, fahren wir in den Wald oder bleiben wir?«

»Ich denke, wir bleiben«, bat Alice.

»Ja, Kind, das ist leicht gesagt, wir bleiben. Aber was nehmen wir vor? Wir können hier doch nicht vier Stunden auf der Veranda sitzen und darauf warten, ob die Brockenhaus-Fenster in der untergehenden Sonne glühen werden oder nicht.«

»O wir spielen.«

»Spielen. Gut; meinetwegen. Aber *was*, mein kleiner Schatz, was? Ist eine Kegelbahn da?«

Der Hausherr zuckte die Achseln.

»Dacht' ich's doch. Ich glaube, Otto, du hältst

das Kegeln für nicht fein und vornehm genug, ist dir zu spießbürgerlich und ärgerst dich, wenn die Kugel so hindonnert und der Junge, der im besten Fall immer nur ein Hemd und eine Hose anhat, alle Neune schreit. Aber du hast unrecht, Otto. Nichts ist fein oder unfein an sich, es kommt lediglich darauf an, wozu wir die Dinge machen oder wie wir uns dazu stellen. Das Allergewöhnlichste kann auch wieder das Aparteste sein. Ich sage dir, eine gute Kegelpartie geht über alles: Rock und Weste weg und den Gurt angezogen, nun die Kugel in der flachen Hand gewogen, als ob es die Weltkugel wär' oder die Schicksalskugel und es hinge Leben und Sterben dran. Und nun richtig aufgesetzt und siehe da, alle Hälse recken sich und am weitesten *der*, der an dem schwarzen Schreibebrett sitzt, und ›baff‹, da liegen sie wie gemäht. Und nun werden die alten Kegelwitze laut, und der alte Konrektor sagt: ›wie Grummet sah man unsere Leute die Türkenglieder mähn‹. O, ich sage dir, Otto, das ist wohl hübsch. Aber du willst nicht, und so haben wir denn bloß die Wahl zwischen Boccia und Cricket.«

»Boccia«, sagte Maud.

»Ich bin für Cricket«, unterbrach Onkel Dodo, »trotzdem es englisch ist und alles Englische mir wider den Strich geht. Aber Cricket ist was Gutes (mehr als Boccia), und da heißt es denn aufpassen und die Beine in die Hand nehmen. Ich schlage den Ball, und der Doktor muss laufen, und ich freue mich schon kindisch darauf, ihn laufen zu sehen. Er muss laufen, bis er fällt, und wenn er, drüben auf der Wiese, die paar hundert Schritt zwischen dem Teich und der Sonnenuhr erst ein Dutzend Mal auf und ab gelaufen ist und sich den rechten Arm beim Ballwerfen dreimal verrenkt hat, so hat er gar kein Zäpfchen mehr und trinkt morgen ein Basler Kirschwasser mit mir um die Wette und übermorgen ein Danziger Goldwasser.«

Und während er noch so sprach, war schon alles die Böschung hinab ins Boot, und die Kinder zogen am Strick, bis die Fähre drüben landete. Dann kam das Spiel, an dem ich anfangs widerwillig, dann aber vergnüglich teilnahm, bis der Abend da war. Alles hatte mich erfreut und erquickt, und ich stand einen Augenblick schon auf dem Punkt, mich mit meinem Schicksal, das doch nicht so schlimm sei, zu versöhnen. Als ich aber um die neunte Stunde, wie gewöhnlich, in mein Zimmer hinaufwollte, legte sich eine schwere Hand auf meine Schulter, eine Hand, die mich gleich fühlen ließ, wessen sie war, und Onkel Dodo sagte mit jener Miene von Wohlwollen und Bestimmtheit, der nicht zu widerstehen war: »O nicht doch, Doktor, Sie dürfen noch nicht zur Ruhe. Ich habe schon mit Otto gesprochen, und die Kinder folgen und tragen die Fackeln.«

»Aber, mein Gott, was gibt es? Soll wer begraben werden?«

»Im gewissen Sinne, ja. Wir wollen nämlich Hechte stechen, ich habe Harpunen mitgebracht.«

~

Als ich um Mitternacht den Tag überdachte, war es mir, als hätt' ich bis zu dem Erscheinen Onkel Dodos in Insleben nicht länger als anderthalb Stunden, nach seinem Erscheinen aber wenigstens anderthalb Wochen zugebracht. Es schwirrte mir der Kopf, und ich wusste nur nicht, ob ich mehr betäubt war von dem, was mir die letzten vierundzwanzig Stunden gebracht hatten, oder mehr in Angst und Sorge vor dem, was mir mutmaßlich bevorstand. So viel war gewiss, aus dem stillen Schäferspiel war im Handumdrehen eins jener unruhigen Verwechslungs- und Verwandlungsstücke geworden, in denen an der Hinterkulisse der Bühne wenigstens drei Türen und drei Fenster sind, in die beständig aus und ein gegangen oder hinaus- und hineingeklettert wird, und unter jeder Tischdecke hockt einer, und in jedem Kleiderschranke hat sich einer versteckt.

Im Übrigen schlief ich leidlich und war gleich nach sechs auf. Am Frühstückstische traf ich Onkel Dodo, der sich allerpersönlichst unter eine Flut von Vorwürfen stellte, und zwar darüber, dass er die schönste Tageszeit verschlafen habe. Als ich ihm erwiderte, »es sei ja kaum sieben«, überkam ihn wieder einer seiner großen Heiterkeitsanfälle, die jedes Mal etwas Elementares hatten. »Erst sieben«, prustete er heraus. »Auf dem Lande, ... drei Stunden nach Sonnenaufgang, ... und *erst* sieben.« Endlich zur Ruhe gekommen, schlug er das zu seinem Frühstück gehörige rohe Ei mit der Spitze auf und sagte, während er es ziemlich geräuschvoll in einem Zuge austrank: »Freu mich über Sie. Sie haben seit gestern Mittag ordentlich Farbe gekriegt, und ich sag Ihnen, noch drei Tage und Sie wundern sich über sich selbst und kommen sich, Pardon, selber höchst komisch vor, mal von Zug und Zäpfchen gesprochen zu haben. Ein entzündetes Zäpfchen. Kapital; wundervoll! Aber wenn geholfen werden soll, so muss System in die Sache kommen. Ich kann Sie nicht mit einem bisschen Cricket kurieren und auch nicht mit Hechtstechen. All das lass ich mir als hors d'œuvre gefallen, aber ohne Regelmäßigkeit in der Anwendung der Mittel gibt es keine Kur. Es trifft sich gut, dass unsere liebenswürdigen Wirte für den Augenblick nicht zugegen sind, und so schlage ich denn vor, wir machen ein Programm oder, wenn Sie wollen, einen Stundenplan. Denn in der Tat, eine jede Stunde muss herangezogen werden. Und da denk ich mir denn … aber bitte, schieben Sie mir das kalte Huhn heran, ich will es noch mal damit versuchen. Karoline sprach von jungen Hühnern; nun gut, sie mag es so nennen, aber alt und jung ist ein dehnbarer Begriff, und ich darf sagen, ich habe jüngere gegessen. Otto, der beste Mensch von der Welt, hat hundert Vorzüge, nur Gourmand ist er nicht. Ich auch nicht, aber ich kann wenigstens ein altes Huhn von einem jungen unterscheiden.«

Ich lachte, was ihm wohltat, denn er hatte das Bedürfnis, seine Jovialität auch anerkannt zu sehen. »Ah, Sie lachen. Sehen Sie, das gefällt mir. Sie wissen, im Mittelalter, in den alten Zeiten, als der Aberglaube und der schwarze Tod Arm in Arm über die Welt gingen, wenn da wer nieste, so galt es als ein gutes Omen, und unser einfaches ›Zur Gesundheit‹ soll sich aus jenen Zeiten herschreiben. Aber was ist das Niesen gegen das Lachen! Und so viel ist gewiss, wenn ich einen herzlich lachen höre, so möcht ich ihm immer ›zur Gesundheit‹ zurufen. Ja, Doktor, gratulor. Sie sind jetzt wirklich Rekonvaleszent, und ich biete jede Wette, dass ich in acht Tagen Staat mit Ihnen mache. Denn Sie haben auch die Tugend, gehorsam zu sein.«

Ich wollte mich dagegen verwahren, er schnitt mir aber die Gelegenheit dazu nicht nur durch eine Handbewegung, sondern auch durch ein lauteres Sprechen seinerseits ab und fuhr fort: »Also das Programm. Unser Sechs-Uhr-Bad haben wir versäumt, und ein Bad unmittelbar nach dem Frühstück geht nicht. So geb ich Sie denn bis neun Uhr frei. Sie sehn, ich bin nicht so schlimm, wie Sie vielleicht meinen. Auch weiß ich recht gut, ein Mann wie Sie will sich mal sammeln oder einen Brief schreiben. Nicht wahr? Ich seh's Ihnen an, dass Sie viel Briefe schreiben, eine schreckliche Angewohnheit, und wer sie mal hat, wird sie nicht wieder los. Also bis neun. Und um neun gehen wir eine Stunde spazieren, halten uns an dem Inslebener See hin und nehmen das versäumte Frühbad nach … Sie schwimmen doch?«

Ich schüttelte den Kopf.

»Ei, ei. Aber es tut nichts, und wenn etwas passiert, ich kann tauchen und hole Sie wieder herauf. Unser *zweites* Frühstück nehmen wir dann unmittelbar nach dem Bade. Für den Platz lassen Sie mich sorgen. Keine tausend Schritt hinter dem See liegt der Burgberg, hundertachtzig Stufen, etwas steil; da klettern wir hinauf, setzen uns auf eine Steinbank und haben das schattige Buchengezweig über und die sonnige Landschaft vor uns: erst den See mit dem breiten Rohrgürtel und den wilden Enten, die beständig auffliegen und niederfallen, mal schwimmen und mal tauchen und bei dieser Gelegenheit ihres Daseins besseren Teil in den blauen Himmel strecken. Und dann kommt ein Wind über den See und fächelt uns an und schüttelt die Bucheckern vom Baum, wenn es schon welche gibt, ich bin meiner Sache nicht sicher, und dabei sitzen wir und verzehren ein Sol-Ei und überfliegen den blauen Strich der Berge bis zu dem alten Brocken hinauf, der mit seinem Backofen-Profil die ganze Vorgrundsherrlichkeit überragt.«

Ich sah ihn verwundert an, ihn mit so viel poetischer Emphase sprechen zu hören, aber er wiederholte nur »... der die ganze Vorgrundsherrlichkeit überragt und, was am meisten in Betracht kommt, uns mit aller Dringlichkeit einlädt, ihn zu besuchen. Und er soll nicht lange mehr auf uns warten. Heut ist es zu spät; wir haben (mir immer wieder ein Vorwurf) die besten Stunden verschlafen, aber morgen, morgen. Wir machen's in einem Tag, und bei Sonnenuntergang sind wir wieder zurück.«

»Aber der Sonnenuntergang ist ja gerade das Beste.«

»Torheit. Erstens ist der Mittag ebenso gut wie der Abend, und wenn es blendet, was vorkommt, so setzen wir eine blaue Brille auf. Und dann zweitens, und das ist die Hauptsache: ›das Ziel ist nichts und der Weg ist alles‹, ohne welche Wahrheit und Reiseweisheit die ganze Brockenreputation sich keinen Sommer lang halten könnte. Denn haben Sie schon je wen gesprochen, der vom Brocken aus was gesehen hätte? Ich nicht. Und ist auch nicht nötig. Worauf es ankommt, das sind die Stationen: in Hohenstein einen Wacholder, auf der steinernen Rinne was Belegtes, in Schierke zwei Seidel und auf dem Brocken zu Mittag. Aber im Freien. Und wenn es dann so fegt und bläst und man erst seinen Reisestock und dann einen Stein aufs Tischtuch legt, damit es nicht weggeblasen wird, sehen

Sie, Doktor, *das* ist die Freude, darin steckt die Genesung. Ob Sie die Türme von Magdeburg sehn, ist gleichgültig und hat noch keinen gesund gemacht. Aber der Wind. Im Wind steckt alles; kennen Sie die Geschichte von Christus und Petrus? Ohne Wind wär' alles Pest und Tod. Es wär' eine mephitische Welt, wenn der Wind nicht wäre. Hab ich recht? Der Wind ist die Gesundheit und das Leben, und es wundert mich, dass die Griechen keinen großen Windgott gehabt haben. Einen kleinen hatten sie.«

Ich bestätigte.

»Nun sehn Sie. Ja, der Wind, auf den kommt es an, und haben Sie *den* erst lieb gewonnen, so wollen Sie jeden dritten Tag hinauf. Und so weit bring ich Sie noch. Und wenn mal ein Wetter kommt und einen in die Hütte treibt, zu Köhlervolk oder andern blutarmen Leuten, und wenn man dann das Wasser aus dem Schuh gießt und sich einen Friesrock anzieht, bis alles wieder an einer langen Ofenstrippe getrocknet ist – sehen Sie, Doktor, das heißt leben und Leben genießen. Und so was müssen wir als Ziel im Auge behalten. Aber das alles ist Zukunftsprogramm, und vorläufig und für heute (Sie werden doch nicht ausspannen) sind wir noch auf dem Burgberg und begnügen uns mit ihm und marschieren, statt auf den Brocken, in weitem Bogen auf die Pfarre zu, wo wir Hochwürden, ich wette zehn gegen eins, bei seiner Zeitung treffen werden. Ein charmanter Mann, nur ein bisschen zu sesshaft und nicht loszukriegen von seinem knarrigen Reitstuhl … Ich glaube, er bildet sich wirklich ein, er säße zu Pferde … Nun, da haben wir denn unser Gespräch. Er hält zu Falk und will nicht nach Canossa. Sie doch auch nicht? Aber ich will Sie nicht in Verlegenheit bringen. Apropos, haben Sie denn schon die Inslebener Kirche gesehen und die Gruft?«

»Nein.«

»Nun, dann muss der Küster aufschließen, und Sie müssen wohl oder übel vom Pastor aus – der uns, wenn er nicht zu bequem ist, dabei begleiten kann – in die Gruft hinabsteigen und die Mumien sehn. Das ist eine Besonderheit dieser Gegenden und eigentlich unaufgeklärt. Und sie liegen da (denn es sind ihrer mehrere) wie noch lebendig, und die Haut gibt nach und macht eine Kute, wenn Sie mit dem Finger draufdrücken … Und dann zurück und zu Tisch …«

»Könnten wir nicht vielleicht,« unterbrach ich, »erst in die Gruft steigen und *dann* in die Pfarre …«

»Meinetwegen. Versteh, versteh. Ist Ihnen fatal, von der Mumie direkt hier wieder einzutreffen und gleich danach zu Tische zu gehn. Aber ich bitte Sie, Doktor, wie kann man so feinfühlig sein? Da hört zuletzt alles auf, und Sie können kein belegtes Butterbrot essen, wenn zufällig einer begraben wird.«

»Kann ich auch wirklich nicht.«

»Prachtvoll. Was im Zeitalter der angegriffenen Nerven alles vorkommt … Aber wie Sie wollen … Erst in die Gruft also und *dann* zum Pastor. Und dann nach Haus und zu Tisch.«

»Und dann?«

»Ich denke, wir überlassen das der historischen Entwicklung.«

»Offen gestanden, mich persönlich würd' es beruhigen, genau zu wissen, was vorliegt und was in Sicht steht.«

»Gut. Meinetwegen auch das. Und so schlag ich denn vor, wir bestimmen Otto, gleich nach Tisch den Pürschwagen anspannen zu lassen. Er stößt etwas, aber das gehört mit dazu. Dann besuchen wir den alten Oberförster. Er ist froh, wenn er mal ein anderes Gesicht sieht. Und dann in den Wald hinein oder noch besser draußen am Wald entlang. Es ist jetzt freilich nicht viel los und die Hirsch' und Rehe schreiten einher wie im Paradiese (beiläufig, ich habe solche Bilder gesehen, ich glaube in Florenz), aber in drei Stunden wird doch wohl was zum Schuss kommen. Vesper fällt aus, und für einen Nordhäuser sorgt der Oberförster. Das ist wichtig, denn bei Sonnenuntergang wird's kühl. Und dann nach Haus, wo uns die Jungens erwarten. Und ich glaube, mit Sehnsucht. Denn wir wollen am Abend noch ein Feuerwerk abbrennen, auf der Liebesinsel, immer vorausgesetzt, dass der gute Otto, wegen seiner Eremitage, nichts dagegen hat. Und nun Gott befohlen. Ich sehe, dass Friedrich uns schon auf die Finger kuckt und abräumen will. Und hat auch recht. Alle Wetter, schon acht … Au revoir, Doktor. In einer

Stunde draußen auf dem Vorplatz. Aber präzise, präzise.«

~

Der Tag verlief programmmäßig, und die Dämmerung war längst angebrochen, als wir nach mehrstündiger Fahrt im Walde, durch die hier und da schon ein paar Lichter zeigende Dorfstraße heimkehrten und vor dem etwas zurückgelegenen Herrenhause hielten. Ich war zu Schuss gekommen, selbstverständlich ohne zu treffen, Otto dagegen hatte zwei Birkhühner in seiner Jagdtasche. Schon auf der Vortreppe sahen wir uns von den Kindern umringt, die, voll Eifer und unter beständigem Ausschauen nach ihm, auf die Rückkehr des Onkels gewartet hatten. Dieser kannte nichts Schöneres als solche Neugier und Ungeduld und war gleich wieder unten, um den Kasten mit Feuerwerk auf eine kleine Gondel zu verladen, auf der man, unter Benutzung eines vom Teich aus durch alle Partien des Parkes sich hinschlängelnden Grabens, bis an die ziemlich weitab gelegene Liebesinsel fahren wollte. Was nicht Platz hatte, ging zu Fuß

und benutzte die kleine Bogenbrücke. Die Auf-
regung, in der sich alles befand, gestattete mir,
unbemerkt im Hintergrunde zu bleiben und
mich auf mein Zimmer zurückzuziehen. Ich war
todmüde von dem Bad und dem Pastor und
dem Pürschwagen und warf mich aufs Sofa und
schlief ein.

～

Eine Stunde mochte ich so geschlafen haben,
als ich von einem seltsamen Summen und
Dröhnen erwachte. Mein erster Gedanke war,
dass es Kopfweh sei, vielleicht von Erkältung,
und so ging ich denn auf das noch offen stehende Fenster zu, um es zu schließen. Aber wie
war ich überrascht und erschrocken, als ich im
selben Augenblick einen Feuerschein über den
Parkbäumen wahrnahm und nun auch in aller
Deutlichkeit hörte, dass es die Feuerglocke war,
die mir das Summen und Dröhnen im Kopfe
verursacht hatte. Da hinaus lag die Liebesinsel,
und keine fünfzig Schritte weiter rechts standen
die Dorfscheunen am Rande des Parkes hin.
Ich lief treppab, um zu fragen; aber niemand

war da, den alten Hühnerhund abgerechnet, der mir, von seiner Binsenmatte her, wedelnd entgegenkam und mich ansah, als ob er fragen wolle, ›was denn eigentlich los sei?‹ »Ja, Caro, wer es wüssste! Ich weiß es auch nicht.«

So trat ich denn, um doch etwas zu tun, auf die Veranda hinaus, zählte die dumpfen, langsamen Schläge, die sich fortpflanzten, und mitunter war es mir, als ob auch von Bins- und Minsleben her die Sturmglocke dazwischenklänge.

So horchend und zählend, sah ich endlich, dass Maud und Alice den schräg über die Parkwiese laufenden Kiesweg herunterkamen. Gott sei Dank. Und nun sprangen sie, während sie schon von drüben her grüßten, in die Strickfähre und zogen sich bis zu mir herüber.

»Ich bitt euch Kinder, was gibt es?«

»Alles schon vorbei.«

Und nun erzählten sie, dass eine der Onkel Dodo'schen Raketen auf das alte Dach der Eremitage gefallen und infolge davon der ganze Rohr- und Rindenbau rasch niedergebrannt sei. »Wir kriegen nun eine bessere,« sagte

Alice. »Papa war auch in Sorge der Scheunen halber, und Alfred lief, um die Spritze zu holen. Und deshalb haben sie gestürmt. Es war aber eigentlich nicht nötig.«

»Und die Mama?«

»Nun die kriegte natürlich ihren Weinkrampf. Als aber Onkel eine Nessel ausriss und sie damit schlagen wollte, weil er sagte, ›das hülfe‹, da schlug es um, und sie kriegte nun ihren Lachkrampf, und gleich darauf erholte sie sich wieder.«

»Und kommen sie bald?«

»Ich wundre mich, dass sie noch nicht da sind.«

Ich meinerseits hatte nicht Lust, der Entwickelung dieser Tragikomödie beizuwohnen, und bat deshalb die Kinder, mich bei den Eltern entschuldigen zu wollen. Ich hätte Kopfweh. Und unter diesen Worten zog ich mich auch wirklich zurück und schlief bald ein. Aber es war kein rechter Schlaf. Immer sah ich eine Rakete steigen, und dann gab es einen Puff, und dann fielen drei Leuchtkugeln nieder, und dazwischen stürmte die Feuerglocke. Menschen sah ich nicht, mit Ausnahme Frau Karolinens, die, weißgekleidet und weinend, auf einer Rasenböschung saß und vor ihr Onkel Dodo mit einer Nessel. Ich konnte den Traum nicht abschütteln und war froh, als ich um fünf Uhr aufwachte. »Früh, sehr früh.« Aber es passte mir gerade, dass es so früh war, und rasch aufspringend, zog ich mich an und ging auf die Veranda hinunter, wo die beiden Ehegatten um Punkt sechs Uhr ihr erstes Frühstück zu nehmen pflegten.

Ich wollte mit ihnen allein sein und ihnen mein Herz ausschütten.

Es war gut geplant und auch wieder nicht. Denn eigentlich hätt' ich den Misserfolg, der meiner harrte, voraussehen müssen. Ich fand nämlich Onkel Dodo bereits vor und wurde von ihm mit scherzhaften Vorwürfen darüber überschüttet, erst beim Feuerwerk, dann beim Feuer und zuletzt bei der Kondolenz gefehlt zu haben. Ich entschuldigte mich, so gut es ging, und da Freund Otto mir von der Stirn herunterlesen mochte, dass ich allerlei zu sagen hätte, was Onkel Dodo nicht hören solle, so nahm er diesen beim Arm und sagte: »Komm, ich muss dir noch unsre neue Torfmaschine zeigen. Für den Doktor, wie du ihn nennst, ist es nichts.«

Und so gingen sie.

Karoline wies auf einen Schaukelstuhl und klingelte, dass man mir den Kaffee bringe. Dann sah sie mich freundlich an und sagte: »Nun, was gibt es, lieber Freund? Ich sehe, Sie haben was auf dem Herzen, und ich will es Ihnen leicht machen. Ich fürchte, Sie wollen fort.«

»Ja, meine teuerste Freundin.«

»Und keine Möglichkeit?«

»Keine ... Denken Sie doch, er will mich in die Berge schleppen. Auf den Brocken und in einem Tage hin und zurück. Und überall ein Goldwasser oder ein Kirschwasser. Und ich mache mir aus beiden nichts. Und was soll ich auf dem Brocken? Er sagt ja selber, dass man nichts sehen könne. Und im Freien will er mit mir zu Mittag essen, und wir sollen einen Stein auf das Tischtuch legen, damit es nicht fortfliegt. Ich bitte Sie ...«

Sie lachte herzlich und sagte dann: »Sie müssen fester sein und eigensinniger und nicht gehorchen.«

»Ach, meine teuerste Freundin«, nahm ich wieder das Wort, »Sie wissen ja selbst, dass das nicht geht. Einem unleidlichen Menschen gegenüber hat man ein leichtes Spiel, man kann ihm aus dem Wege gehn oder ihm in seiner Sprache antworten, und er wird sich weder groß darüber wundern noch es einem sonderlich übel nehmen. Aber gegen die Bonhommie gibt es kein Mittel. Es ist damit – Pardon, Ihr eignes Haus ist liberal, und ich bin es auch – es ist damit wie mit dem Liberalismus: er ist *immer* gut, schon um seiner selbst willen, ob er nun passen mag oder nicht. Und wer da widerspricht oder auch nur leise zweifelt, ist ein schlechter Mensch. Es gibt nichts Schrecklicheres als die Menschheitsbeglücker par force, die gewaltsam heilen, helfen oder gar selig machen wollen. Ich habe nichts gegen das Seligwerden, aber, um den ewig alten Satz zu zitieren, wenn's sein kann, auf *meine* Façon. Und so möcht ich auch geheilt werden auf meine Façon. *Des*halb kam ich hierher, *des*halb zu Ihnen, teure Freundin, die Sie gelernt haben, die Freiheit des Individuums zu respektieren. Oder auch nicht gelernt haben, denn dergleichen lernt man nicht; das Beste hat man immer von Natur. Und deshalb war ich so glücklich hier. Es ist mir hier immer, als fiele ein leiser sommerlicher Sprühregen vom Himmel und nehme mich unter seinen weichen und wohligen Mantel. Ja, teure Freundin, so war es auch diesmal wieder. Da, mit einem Male bricht Onkel Dodo herein, und alles ist hin. Er hat nicht den weichen und wohligen Mantel, der Ruh und Frieden oder doch äußere Stille bedeutet, er hat nur Dr. Fausts Sturmmantel, der überall hinfegt und segelt, und je schneller es geht und je mehr Zug und Wind es gibt, desto schöner dünkt es ihm. Ich habe nichts dagegen; es mag für *ihn* passen, aber nicht für *mich*. Und so will ich denn fort, heute noch. Um zwölf geht der Zug von Halberstadt. Ich denke, wenn ich um elf Uhr fahre, komm ich gerade zu rechter Zeit. Oder sagen wir lieber um halb elf.«

Frau Karoline nahm meine Hand. »Ich sehe schon. Es sind ja nur vierzig Minuten von hier bis an den Bahnhof, aber Sie zittern schon bei der bloßen Möglichkeit einer Zug-Versäumnis. Und so will ich Sie nicht weiter bitten. Im September ist Kaltwasser-Kongress in Wiesbaden, wohin der Onkel unweigerlich geht. Und so glaub ich mich denn (immer vorausgesetzt, dass Sie wollen) dafür verbürgen zu können, dass Sie den Faden, den Sie heute selbst durchschneiden, um jene Zeit ungestört und ungefährdet anknüpfen können. Der Herbst ist unsre beste Zeit, und Sie sind, wie Sie wissen, immer le bienvenu. Und nun geben Sie mir den Arm, dass wir noch einen Spaziergang machen. Ich habe noch allerhand Fragen auf dem Herzen: die Kinder müssen aus dem Haus, Albert gewiss und auch Alfred und Arthur. Aber ich schwanke noch, wohin, und bin außerdem, aus Prinzip, gegen denselben Ort und dieselbe Schule für alle drei. Da hängen sie dann zusammen und leben sich in sich hinein, anstatt sich aus sich heraus zu leben.«

Und damit fuhren wir auf die Parkwiese hinüber und gingen in Geplauder den schräglaufenden Kiesweg hinauf, auf dem am Abend vorher Alice und Maud in fliegender Hast herabgekommen waren.

Es war eine mich erquickende halbe Stunde, denn ich kenne nichts Schöneres als den Einblick in eine ruhige, von keiner Leidenschaft getrübte Frauenseele. Als wir von unsrem Spaziergange heimkehrten, empfingen uns die Kinder, und alles war Glück und Friede. Die Freundin übernahm es, mit Otto zu sprechen. »Und um elf Uhr der Wagen«, schloss sie. »Nicht früher.«

～

Und nun schlug es elf, und mit dem Glockenschlag erschien Friedrich auf meinem Zimmer, um meinen Koffer in den Wagen zu tragen. Ich folgte rasch, nahm Abschied von den Kindern, groß und klein, die mich auf dem Hausflur unten umstanden, und trat, einigermaßen erregt und bewegt, auf die Freitreppe hinaus, auf der ich Karolinen und Otto bereits erkannt hatte. Wer aber beschreibt mein Erstaunen, als ich neben ihnen auch Onkel Dodo stehen sah, der eben ein paar dänisch lederne Handschuh anzog und dadurch andeutete, dass er mich begleiten wolle. Mein nicht geringer Schrecken wurde nur durch das Komische seiner Erscheinung einigermaßen wieder ausgeglichen. Er hatte nämlich, tags vorher, seinen breitkrempigen Strohhut verloren und sich infolge davon unter Ottos Vorrat eine höchst merkwürdige Kopfbedeckung ausgesucht, die, gerade Mode, zwischen Bienenkorb und Feuerwehrhelm die Mitte hielt und mit der alten Krempentradition ein für allemal gebrochen zu haben schien. Ich wollt' ihn daraufhin ansprechen, er aber, mit jener Hast und Quickheit, der meine Langsamkeit nicht annähernd gewachsen war, überholte mich und teilte mir in abwechselnd kurzen und dann wieder weit ausgeführten Sätzen mit, dass er vor dreizehn Minuten ein Telegramm erhalten habe, wonach, gegen Erwarten, *morgen* schon der Delegiertentag der »Turner und Hygienisten von Ober- und Nieder-Barnim« abgehalten werden solle. Natürlich in Eberswalde. Da dürfe er nicht fehlen, und zwar umso weniger, als, unter Anlehnung an den Doktor Tanner'schen Fall, die Frage nach der Nahrungsfähigkeit des Wassers in einer Komitee-Sitzung zur Erörterung kommen solle. Für ihn persönlich stehe die Sache fest und bedürfe nur noch gewisser Einschränkungen. Über sogenanntes »Himmelswasser«, eine von ihm herrührende Bezeichnung, unter der er, namentlich in Gebirgsgegenden, Regen und Tau verstehe, möge sich, hinsichtlich seiner Nährkraft, streiten lassen, aber was Fluss- und Quell- oder gar Teich- und Seewasser angehe, so sei dasselbe seiner Natur nach ein *Infusum*, ein Aufguss, sozusagen E*rd*-Tee, drin sich, verdünnt oder auch konzentriert, der Nahrstoff aus hunderttausend Wurzeln befinde. Gott sei Dank werde man Ende September, in Wiesbaden, in der Lage sein, der Frage näher zu rücken und endgültige Beschlüsse zu fassen.

Die letzten Worte, von lebhaften Gestikulationen begleitet, wurden schon auf dem Wagentritt gesprochen, und kaum dass wir saßen und unsere Hüte noch einmal zum Abschied gelüftet hatten, als auch die Pferde bereits anzogen und uns vom Hof hinunter in das Dorf und gleich danach in die fruchtbare, mit Fabriken und Rübenfeldern überdeckte Landschaft hinaustrugen.

»Eine prächtige Brise«, sagte Onkel Dodo, während ich gerade den Rockkragen in die Höhe klappte.

Beinah gleichzeitig mit uns, fuhr, von der andern Seite her, der Zug in den Bahnhof ein, und in dem Menschenknäuel und einer echten Bahnhofsverwirrung auseinandergekommen, erfüllte mich eine Minute lang die Hoffnung, in ein Nichtraucher-Coupé retirieren und so vielleicht entwischen zu können … Aber Onkel Dodo war auch Nichtraucher, und da saßen wir denn, unserer Versicherung nach, wieder glücklich beisammen und »freuten« uns, nicht getrennt worden zu sein. »Bis Berlin hin«, begann er, »lässt sich schon was reden. Wir haben übrigens durchgehende Wagen. Es ist Ihnen doch recht, meine Damen, wenn ich Luft mache?«

Diese letzten Worte waren an vier Damen gerichtet, die klugerweise bereits die Rücksitze des Wagens eingenommen hatten. Und so kam ich denn an das offne Fenster und hatte die frische Luft eines Schnellzuges aus erster Hand. Ich hätte protestieren und auf Schließung wenigstens *eines* Fensters dringen können, aber ich kannte meinen Partner zu gut, um mich auf Erfolglosigkeiten einzulassen.

Um sechs trafen wir auf dem Friedrichsstraßen-Bahnhof ein. Eine geplante »gemeinschaftliche Droschke« – die übrigens, bei dem mir längst angeflogenen Kopf- und Zahnreißen, ziemlich irrelevant gewesen wäre – ging an mir vorüber, und Gott sei Dank *einsamen* Betrachtungen über »les défauts des vertus« der besten Menschen hingegeben, fuhr ich, zwischen den Pferdebahngeleisen der Dorotheenstraße, dem Tiergarten und meiner Wohnung zu.

Wie sich denken lässt, harrte meiner eine fiebrige Nacht.

Am andern Morgen aber, als ich mich matt und angegriffen an meinen Frühstückstisch setzte, fand ich bereits, unter Kreuzband, eine kleine Sendung vor. In der linken Unterecke stand Onkel Dodos Namen, mit der Zubemerkung: »In Eil.« Es waren zwei von ihm selbst verfasste Broschüren, eine kleinere: »In balneis salus«, und eine größere, die den Titel führte: »Beiträge zur Wiederherstellung des Menschengeschlechts«. Aber auch hier war ein Stück Latinität nicht vergessen, und sowohl das Motto wie die Schlusszeile der Broschüre lautete: mens sana in corpore sano.

Robert Sterl: *Apotheke in Lauenstein*, 1892

DER LETZTE LABORANT

In dem schönen Hirschberger Tale liegt Agathendorf, eines der vielen großen Dörfer, die
sich hier, in mehr als meilenlanger Reihe, beinah unmittelbar aneinanderschließen. Alle
sind von malerischem Reiz, und auch in Agathendorf schießt das Bergwasser über ein Wehr
und liegen die Häuser in wildem Wein, wenn
sie nicht vorziehn, einen Vorgarten zu haben,
mit einer großen Glaskugel, drin sich die Landschaft spiegelt. Vor Agathendorf aber, und zwar
auf Erdmannsdorf und Zillertal zu, läuft auch
noch die Gebirgsbahn an Spinnereien und
Bleichen vorüber, während sich an der ent-
gegengesetzten Dorfseite der leis ansteigende
Kirchhof mit seinen Lilien und Sonnenblumen
erhebt, ein weiter Totenacker, drauf, außer den
Agathendorfern, auch die hier eingepfarrten
Nachbargemeinden, in viele Schläge geteilt,

ihre Toten begraben. Und zwar in so viel Schläge geteilt, wie Dörfer vorhanden sind, und nur an der nordöstlichen Kirchhofsmauer entlang, will sagen da, wo die Reichen und Wohlhabenden ihre Erbbegräbnisse haben, tritt der *Besitz*, anstelle des Todes, als eine Art Gleichmacher auf und gestattet es den Brückenbergern und Querseiffnern, den Wolfshauern und Langhüblern – immer vorausgesetzt, dass sie reich sind –, ebenbürtig und durch keine Schlag-Einteilung länger getrennt, zwischen den Agathendorfern zu ruhen. Eigentliche Gräber finden sich an dieser Erbbegräbnisstelle *nicht*. Alle, die hier schlafen, schlafen hier wie unter einem Blumenbeet, an dessen oberem Ende sich regelmäßig ein in die Kirchhofsmauer eingelassener hoher Stein befindet, oft mit Namen und Datum, oft auch mit Verzierungen und Sprüchen. Einer dieser Steine trug, als ich diese Stelle besuchte, folgende mit Goldbuchstaben geschriebene Worte: »Hier ruht Joseph Hieronymus Hampel, *der letzte Laborant*, geb. 3. Mai 1799, gest. 3. Juni 1879« – auf dem Grabe selbst aber, einem Beete von besondrer Breite, wuchs ein Gutteil jener

Blumen- und Kräuterwelt, drauf sich, allem An-
schein nach zu schließen, der hier Ruhende sehr
zu seinem Vorteil verstanden haben musste.
Denn der Stein in der Mauer, seiner sonstigen
Ornamentik zu geschweigen, war ein wertvoller
schwarzer Marmor. Der freundlich meinen Führer machende Agathendorfer Küster bestätigte
mir denn auch meine nach dieser Seite hin ge-
henden Vermutungen, und als wir bald danach
im »Weißen Ross« unter einem prächtigen alten
Birnbaum, der seiner Fülle halber gestützt werden musste, plaudernd beisammensaßen und
einem Gulasch und Grätzer Bier zusprachen,
kam mein Begleiter meiner Bitte nach und erzählte mir von Joseph Hieronymus Hampel und
dass er, ganz wie die Grabschrift besage, wirklich *der letzte Laborant* gewesen sei.

~

»Ja«, hob er an, »der alte Hampel da drüben
– und früher hieß hier alles Hampel, und die
Hampelbaude bezeugt es bis diesen Tag – der
alte Hampel da drüben war noch aus der Zeit
her, wo das hier vor uns liegende ganze Gebirge

voll Laboranten saß, und zwar je höher hinauf, desto mehr, weil jeder nach Möglichkeit an der Quelle sitzen wollte, d. h. da, wo der Enzian anfängt. Und da saßen sie denn auch wirklich um die Kirche Wang herum (die's aber damals noch gar nicht gab) und links bis an die Forstbauden und rechts bis an die Anna-Kapelle. Hieronymus Hampel aber saß in Langhübel, wo schon sein Großvater gesessen und sich einen guten, um nicht zu sagen, berühmten Namen gemacht hatte. Denn an Arzt oder Wundarzt war damals, und noch bis in die neuere Zeit hinein, nicht zu denken, und weil es weit war bis nach Warmbrunn oder bis in die Schmiedeberger Apotheke, so waren die Baudenleute herzlich froh, dass sie die Laboranten so mitten unter sich hatten, die Laboranten, ›die so gut waren wie die Doktors und eigentlich noch besser‹. Am frohsten aber waren die Langhübler, weil sie den Hieronymus Hampel hatten, unsern Hampel da drüben, von dem ein berühmter Breslauer Arzt gesagt haben sollte: ›wenn ich nicht mehr aus noch ein weiß, dann schreib ich an Hampel, und der schickt dann was. Und der Fall ist

112

noch nicht da gewesen, dass das Hampel'sche nicht geholfen hätte.‹ Das alles wussten die Langhübler, und die paar Neunmalweisen, die darüber lachten und der Meinung waren: ›der berühmte Breslauer Doktor existiere gar nicht und alles sei bloß eine von Hampel selbst und von Geschäfts wegen erfundene Geschichte‹, diese paar Neunmalweisen konnten nicht aufkommen, was sich am besten auf den Messen und Jahrmärkten zeigte, die Hampel nicht bloß bis Hirschberg und Schmiedeberg, sondern sogar bis Lauban und Görlitz hin beschickte. Nach all diesen Orten hin gingen die kleinen länglichen, immer sechseckigen Flaschen, die, weil unten zugespitzt, regelmäßig umfielen (was durchaus mit dazugehörte) – Flaschen, die meist mit ›Schlagwasser‹ gefüllt waren, und wenn nicht mit Schlagwasser, so mit Melissengeist, und wenn nicht mit Melissengeist, so mit Fingerhut-Tropfen. Dazu kam ein in kleine blaue Pakete verpackter Tee, ganz nach Art der alten Tabakspakete, darauf in wechselnder Schrift zu lesen war, ›dass man nur sehr wenig davon nehmen dürfe, weil er sonst zu stark sei. Wenn man aber recht recht wenig nähme, nur freilich *frisch* müsse er sein und vom letzten Jahr (was denn selbstverständlich auf jedem Jahrmarkt zu neuen Ankäufen führte), so fiele das Wasser, und die Rose ginge weg und die Sommersprossen auch.‹ Und jeder glaubte daran, natürlich mit Ausnahme jenes zweifelsüchtigen, aber bedeutungslosen Conviviums, das über Hampel und seine Kuren lachte. Im Übrigen war der Glaube, der das ganze Hirschberger Tal erfüllte, so stark, dass kleine schlesische Leute, die nach Polen und Galizien hin verzogen, sich sowohl den Tee wie die Tropfen nachschicken ließen, weil sie wussten, ›dass es hülfe‹. Bis in die Tausende ging der jährliche Versand, und Hampel war ein reicher Mann, bevor er noch das 40. Jahr erreicht hatte. Ja reich war er. Aber dass sein Geschäft so blühte, das war nicht bloß ein Segen für *ihn*, das war auch ein Segen für andre, besonders für die Barfußkinder, die Beeren suchten, und mehr noch für die Reisig sammelnden alten Weiber, die, von Jugend auf im Walde zu Hause, natürlich auch mit den Gebirgskräutern trefflich Bescheid wussten und ihrem Brotherrn,

114

außer dem ewigen Enzian, allerlei Feines und besonders Heilkräftiges brachten: Allermannsharnisch und Liebstöckel, Hirschbrunst und Teufelsabbiss, Venuswagen und Unsrer Lieben Frauen Bettstroh, woraus dann die merkwürdigsten Geheimtinkturen für kränkliche Männer und schwache Frauen gebraut wurden. Im Ganzen darf man sagen, Hampel verfuhr in gutem Glauben, vielleicht sogar bezüglich eines hoch angesehenen Haarmittels, das er, viele Jahre lang, aus ›Marienhaar‹ mit ganz besondrer Sorgfalt destillierte, bis ihm eines Tages einer seiner sonst gläubigsten Anhänger mit aller Gemütsruhe sagte: ›Höre, Hampel, dein Schlagwasser ist gut und dein Melissengeist auch; aber mit dem „Marienhaar" kann es nicht viel sein‹, und dabei lachend auf Hampels Perücke zeigte. Das ärgerte diesen ganz ungemein und machte solchen Eindruck auf ihn, dass er von Stund an die Marienhaar-Tinktur von seinem Preiskurante strich, trotzdem gerade sie zu seinen einträglichsten Tinkturen zählte.

Solcher als ›Fehlschläge‹ vom Preiskurant abgesetzten Nummern, immer Nummern neueren

Datums, gab es noch ein paar im Laufe der Jahre, der alte Bestand aber blieb und wurde von Hampel nach einer Methode hergestellt, die schon zu Großvaters Zeiten, und vielleicht noch früher, gegolten hatte. Selbstverständlich erfolgte die Zubereitung all dieser Arkanas und Panazeen im *eigenen* Hause, welches Letztere denn auch nicht bloß ein Schmuckkästchen, sondern gleichzeitig eine Sehenswürdigkeit für Fremde war, die gerne bei Hampel vorsprachen und sich sein ganzes Laboranten-Gewese zeigen ließen. Unten im Vorderhause befand sich die hübsch eingerichtete Privatwohnung mit Klavier (später Harmonium}, weil Hampel es liebte, Winters Choräle zu spielen und fromme Lieder zu singen. War er doch überhaupt ein Mann, in dem sich ein echt schlesischer Aberglaube, darin Rübezahl die Hauptrolle spielte, mit einem religiösen und sittenstrengen Zuge mischte. Stieg man dann von dem mit Fliesen ausgelegten Flur aus ins erste Stock hinauf, so sah man in die große, halb offen stehende Tinkturenkammer mit ihren dicht besetzten Realen und abermals eine Treppe höher den Kräuterboden, auf dem Enzian und Arnika weit ausgebreitet lagen und Isländisch Moos in ganzen Säcken stand, die so groß waren wie Wollsäcke. Das alles war im Vorderhause. Daran schlossen sich dann, wenn man vom Flur her in den Hof trat, zwei rechtwinklig angebaute Flügel, von denen der eine nicht viel was anderes als eine schicht- oder etagenweis aufgebaute Luftdarre für Blaubeeren, der andere dagegen, der größere, das in eine Schatten- und eine Sonnenseite geteilte Laboratorium war. Auf der Sonnenseite – den Strahlen der Sonne nach Möglichkeit ausgesetzt – standen die großen Glaskolben, in denen die mit Weingeist, oder wie Hampel sich ausdrückte, mit ›Aquavit‹ angesetzten Wurzeln und Kräuter in praller Hitze kochen mussten, während sich an der gegenübergelegenen Schattenseite die großen Apparate befanden, Kupferblase und Kupferhelm, aus denen die verschiedenen ›Geister‹ abdestilliert wurden: Dillgeist, Fichtengeist, Krauseminzengeist, Melissengeist. *Welche* Seite des Laboratoriums in Hampels Augen eigentlich die wichtigere war, war schwer zu sagen, weil das oft durch Monate hin fortgesetzte Extrahieren

117

in der Sonne genau denselben Zweck verfolgte wie das Destillieren aus der Blase, nämlich *den*, den ›Geist‹ frei zu machen. Sehr wahrscheinlich indes, dass er dem, was die einfach kostspielige Kupferblase leistete, schon deshalb, weil sie kostspielig war, den Vorzug gegeben haben würde, wenn nicht eine der im Glaskolben extrahierten Tinkturen ein Gegenstand seiner besonderen Vorliebe gewesen wäre, fast als ob er geahnt hätte, welche Bedeutung gerade *diese* Tropfen für ihn gewinnen sollten. Unter dem nämlich, was, um ausgezogen zu werden, Tag um Tag in der Prallsonne stand, war auch ein Mineral, ein goldblinkendes Schwefeleisen aus der Seidorfer Gegend, das, genauso wie die Wurzeln und Kräuter, mit rektifiziertem Weingeist, ja man sprach sogar von hundert Grad Tralles, aufgesetzt wurde, was dann, nach dreizehnmonatlichem Ziehen, eine ganz merkwürdige Krafttinktur ergab, die wegen ihres Schwefelgehalts gegen alle Hämorrhoidalleiden und wegen ihres Eisengehalts gegen Bleichsucht und Schwäche von geradezu phänomenaler Wirkung war. Wenigstens stand so auf dem Zettel, der jedem

118

Fläschchen beigegeben wurde. Chemische Untersuchungen hatten nun freilich weder Schwefel noch Eisen in diesen Wundertropfen entdecken können, Hampel aber, als man ihm mit dieser Nachricht kam, hatte *nicht* nachgegeben wie damals mit der Marienhaartinktur, sondern sich umgekehrt aufs hohe Pferd gesetzt und mit superiorer Miene versichert: ›„der Geist" sei drin, und zwar erst der Schwefel- und dann der Eisengeist. Und dieser „Geist" sei viel zu fein, um sich mit Reagenzien fassen zu lassen.‹ Das war ein großes Wort, das, wie jedes derartige Wort, Zweifler und Gläubige fand und schließlich auch nach Erdmannsdorf kam, um hier dem auf Sommerbesuch anwesenden König Friedrich Wilhelm III. bei Tafel erzählt zu werden. Bischof Eylert und Hofprediger Strauß waren mit zugegen. Ebenso der Kronprinz. ›Was sagen Sie dazu?‹, fragte der König in heiterer Laune, worauf die beiden geistlichen Herren natürlich lächelten. Der Kronprinz aber sagte: ›*Hampel hat recht.*‹

Und siehe da, ›Hampel hat recht‹ sagten schließlich *alle*, besonders aber die Hofdamen, unter denen sich in demselben Sommer noch ein wahrer Hampel-Kultus einbürgerte, was freilich mehr noch als in dem eben hier Erzählten in einer von unserm Hampel an einem armen, aber liebenswürdigen Hoffräulein ausgeführten Wunderkur seinen Grund hatte. Dies Hoffräulein stand nämlich in einem ernsten Liebesverhältnis zu dem in Erdmannsdorf mit anwesenden Adjutanten oder Hofmarschall des Prinzen Wilhelm, unseres jetzigen alten Kaisers, und nur ein Feuermal unterm Kinn, das das sonst sehr hübsche Fräulein entstellte, ließ den von allerhand Äußerlichkeiten abhängigen Liebhaber aus einem ängstlichen Schwankezustand gar nicht herauskommen. Alles nahm teil an dem Schicksal der jungen Dame. Da trat Hampel persönlich auf mit einer zweimal überdestillierten und mit weißen Zinkblüten aus der Josephinenhütte sorglich untermischten *Schneeball*-Essenz, und siehe da, in drei Wochen war das Mal fort, und in fünf Wochen war Hochzeit. Das blieb Hampeln unvergessen und entschied viel viel mehr noch als das voraufgegangene kronprinzliche ›Hampel hat recht‹

über sein weiteres Leben, das namentlich ohne diesen letzteren Zwischenfall nicht so glücklich verlaufen wäre, wie's tatsächlich durch noch vierzig Jahre hin der Fall war. Und hier muss ich den Gang meiner Erzählung auf einen Augenblick unterbrechen.

Es war nämlich kurz vor König Friedrich Wilhelms III. Hinscheiden gewesen, dass diese Szene mit dem Hoffräulein gespielt hatte. Nun stand zwar der neue König genauso wie der alte zu Hampel und dachte gar nicht daran, ihm die Geschichte vom ›Schwefel- und Eisengeist‹ je zu vergessen, aber unglücklicherweise traten um eben diese Zeit die Gesetze gegen Medizinalpfuscherei wieder frisch in Kraft, und auch Hampel sah sich davon bedroht und schien, trotz besten Leumunds, der Strenge dieser Gesetzgebung erliegen zu sollen. Ein Strafmandat folgte dem andern, und unser Langhübler Freund wäre verloren gewesen, wenn er sich nicht noch rechtzeitig des Hoffräuleins mit dem Feuermal erinnert hätte. Die stand jetzt hoch in Ehren, und als ihr die Bitte Hampels um ihre Protektion eines Tages zu Händen kam, säumte sie nicht, ihrem alten Freund und Glücksbegründer zu Willen zu sein, und wusste dabei die Dinge so geschickt zu wenden und zu leiten, dass das ewige Strafandrohen der Liegnitzer Regierung aufhörte. Hampel wurde zum ›Ausnahmefall‹ erhoben und erhielt schließlich sogar ein groß gesiegeltes Reskript, darin ihm mitgeteilt wurde, ›dass Seine Majestät der König befohlen habe, den etc. Hampel in seinem Laborantenberufe, von dessen segensreicher Wirksamkeit er persönlich Zeuge gewesen sei, bis an sein Lebensende zu belassen‹.

Und danach wurde denn auch verfahren, und als Hampel, viele Jahre später, auf 80 zuschritt, stand sein Ansehn so hoch, dass im ganzen Hirschberger Tale beschlossen wurde: dem ›letzten Laboranten‹ (denn das war Hampel mittlerweile geworden) ein Fest zu geben, und zwar im Warmbrunner Gasthofe zum König von Preußen. Ein in dieser Stadt lebender Geheimer Sanitätsrat, Original, der selbstverständlich die Praxis längst quittiert hatte, ›weil er alles Doktorentum für eitel Medizinpfuscherei und nur das Laborantentum, diesen gesegneten Zustand der Wilden und Indianer, für einen medizinisch normalen hielt‹ – dieser Geheime Sanitätsrat trat an die Spitze des Festkomitees, und am 3. Mai 1879, will sagen an Hampels 80. Geburtstage, hatte die Feier statt. Zwischen Graf Schaffgotsch und Graf Matuschka saß der Jubilar, ihm gegenüber der Geheime Sanitätsrat, und als dieser seinen Toast ausgebracht und die Trompeter-Badekapelle dreimal Tusch geblasen hatte, trat ein Telegrafenbote – dies war alles aufs Genaueste vorher verabredet worden – in die Tür und überreichte Hampel ein Telegramm, darin ihm seitens seiner alten, inzwischen längst zur ›Excellenz‹ avancierten Freundin mitgeteilt wurde: ›dass S. M. der Kaiser Wilhelm, der sich, als Letzter aus jener Erdmannsdorfer Zeit, noch sehr wohl des alten Laboranten Hampel erinnere, besagtem Laboranten Hampel zu Langhübel den Kronenorden 4. Klasse verliehen habe‹.

Das war ›Hampels Tag der Ehren‹, freilich auch einer seiner letzten Tage überhaupt. Denn von Stund an ging es bergab, nach Meinung einiger, weil er sich zu sehr erhitzt und danach unvorsichtig erkältet, nach Meinung anderer, weil er zu viel Ungar getrunken und sich am andern Tage mit seinem eigenen Schlagwasser kuriert habe. Gleichviel, am 3. Juni – gerade einen Monat später – starb er, nachdem er noch eine Stunde vor seinem Ende bestimmt hatte, ›dass er am 7. Juni, dem Todestage weiland König Friedrich Wilhelms III., seines gnädigsten Königs und Herrn, der in seinem edlen Herzen ein solches Wort wie „Medizinalpfuscherei" wahrscheinlich gar nicht mal gekannt habe, begraben sein wolle‹.

Und nun kam das Begräbnis.

Es war ein großer Tag, und in dem ganzen Hirschberger Tale gingen die Glocken, als der Zug von Langhübel nach Agathendorf hinunterstieg. Laboranten, die folgen konnten, gab es nicht mehr, aber Hampel hatte trotzdem seinen Kondukt: erst die Langhübler und Brückenberger Kinder, zu zwei und zwei mit Erdbeerblüten im Haar, dann Feuerwehrmusik mit Posaune und Tuba, danach die Schaffgotsch'schen und Matuschka'schen Förster und Haideläufer und zuletzt die Kräuterweiber aus dem ganzen Gebirge, wohl zwanzig oder dreißig, die sich fein gemacht und auf Harken und Stangen all *das* trugen, was sie zeitlebens für den Hampel'schen Kräuterboden gesammelt hatten: Enzian und Arnika, Fingerhut und Besingkraut und vor allem Isländisch Moos, das in langen, wirren Flechten von den Harken herniederhing.

Vierzehn Tage später hieß es: ›Alles im Hampel'schen Hause sei von der Regierung inspiziert und inventarisiert worden, und nur die zurzeit noch auf Lager befindlichen Flaschen dürften auch fernerhin ausgeboten und ausverkauft werden.‹ Darüber sind jetzt acht Jahre vergangen, wie man wohl sagen darf, eine lange Zeit. Aber die Kammern und Regale sind immer noch voll, und einige sagen, sie würden auch nie leer werden.

Und es wünscht es auch keiner.

Denn wenn auch die kleinen sechseckigen Flaschen nie recht stehen wollten, der Glaube an sie steht unerschüttert fest.«

Franz Skarbina: *Böhmische Kirche am Heiligen Abend*, um 1903

GERETTET!

An einem November-Vormittage, der Nebel fiel in Tropfen nieder, hielt eine Gruppe von vier Männern, Holzschläger aus dem gräflichen Forst, vor dem Theobaldstift in Agnetendorf. Sie setzten eine aus Baumstämmen zusammengebundene Trage vor dem kleinen Eingangsportal des Stiftes nieder und trugen einen auf die Schultern von zweien von ihnen sich stützenden Verwundeten, so gut es ging, zum heiligen Theobald hinein, wo die das Regiment im Stift führende Schwester Elisabeth die Männer freundlich, aber auch ernst und bestimmt empfing. Neben ihr stand Schwester Beate.

»Nun, was ist?«, sagte die Oberschwester Elisabeth. »Das ist ja der Stephan, oben aus der Martinsbaude. Ist er verunglückt?«

»Ja, Schwester«, sagte der jüngere der zwei Miteingetretenen, ein Bruder des Verunglückten und Aloys mit Namen, »er ist verunglückt. Als wir den Baum umrissen, ist er nicht beiseitegesprungen. Es sieht grausam aus, und er hat auch eine Ohnmacht gehabt ... Ich hab ihm noch zugerufen; aber er hat's nicht gehört oder hat schlecht aufgepasst.«

»Schlecht aufgepasst«, sagte Schwester Elisabeth. »Die heilige Jungfrau erbarme sich. Ich weiß, wie das bei euch hergeht ... Es wird wohl der Ingwer schuld sein oder der Wacholder.«

Als sie noch so sprach, kam auch der alte Doktor Melchers, den Schwester Beate mittlerweile herbeigerufen hatte. Der untersuchte das Bein und sagte: »Schwere Quetschung; aber der Knochen ist heil. Es wird sich machen, ohne dass wir eingreifen. So hoff ich wenigstens. Freilich Zwischenfälle sind nicht ausgeschlossen.«

Und nun brachte man den Verwundeten, der kein Wort sprach und nur wie betäubt vor sich hin sah, in eine für ihn hergerichtete Zelle, drin Schwester Beate seine Pflege übernehmen sollte; die vier Männer aber – auch die zwei draußen Wartenden waren mittlerweile hinzugetreten – dankten der Schwester Elisabeth, vor allem Aloys, der ihr das Kleid küssen wollte. Denn das Stift genoss eines großen Ansehens in Dorf und Gegend. Und nun verabschiedeten sie sich und gingen wieder auf die Waldstelle zu, wo das Unglück geschehen war. Hier machten sie sich, ohne langes Säumen, aufs Neue an ihre Arbeit und blieben dabei bis Spätnachmittag. Erst als es mehr und mehr zu dunkeln begann, nahmen sie ihre Äxte über die Schulter und stiegen höher ins Gebirge hinauf, wo sie zwischen Brückenberg und Kirche Wang ihre kleinen Häuser hatten. An dieser Stelle, einer Waldlichtung, lag auch das Haus, drin Aloys und sein Bruder Stephan wohnten und mit ihnen ihre Mutter, ein altes hexenhaftes Weib von scharfem Gesichtsschnitt, aber doch so, dass man noch deutlich sah, sie müsse mal sehr ansehnlich gewesen sein, aus welchem Umstande sich auch die Sicherheit herschrieb, mit der sie das Haus und die beiden Söhne beherrschte.

Aloys wollte von dem Vorgefallenen erzählen, kam aber nicht weit damit. Die Alte wusste schon alles und schien mit dem Hinunterschaffen und dem Unterbringen im Stift wenig einverstanden. Anfangs indessen zeigte sich ihre Missbilligung mehr in Mienen und Bewegung als in Worten, und erst als Aloys auf den Doktor zu sprechen kam, wurde sie heftig und fuhr dazwischen: »Ja, der Doktor. Was sagt der? Oder hat er schon geschnitten?«

Aloys antwortete vorsichtig und unbestimmt.

»Hat er schon geschnitten?, frag ich. Oder ist er schon mit seiner Säge drüber gewesen? Er sägt immer und sagt dabei ganz ruhig: ›sie merken nichts‹. Und sie merken auch nichts, und nur wenn er fertig ist, dann suchen sie nach ihrem Bein. Aber da können sie lange suchen. Und was soll einer, wenn er nicht Arm und Bein hat. Arm und Bein heißt arbeiten. Und wenn wir nicht arbeiten, dann hungern wir.«

»Ach, Mutter, du machst wieder Deine Augen und redst wieder so wild. Er hat ja das Bein noch. Und der Doktor sagt auch, er wird es wohl behalten.«

»Er wird es wohl behalten ... du Dummbart, du Kindskopp. Siehst du denn nich? hörst du denn nich? Er wird es wohl behalten, das heißt, er wird es *nicht* behalten, das heißt, dass es schon weg ist. Und was weg ist, ist weg und wächst nich wieder, und wir müssen hungern. Warum habt ihr ihn nicht nach Brückenberg heraufgebracht? zu Legler oben auf der Josephsbaude. Legler, der versteht es, der hilft, weil er weiß, was arme Menschen sind ... Und die Josephsbaude war auch näher als das Stift, und Legler ist klüger als Melchers. Legler hat die Kräuter und hat auch den Spruch, und wenn er die Kräuter auflegt, dann geht das Fieber, und den siebenten Tag fängt es an zu heilen und die dritte Woche, da kann er wieder verdienen ... Ich kann nicht mehr verdienen, ich kann nicht mehr in den Wald und Beeren suchen. Und wenn auch ... Timm in Seidorf zahlt bloß einen Pfennig, und einen Schein muss ich auch noch haben. Warum habt ihr ihn in das Stift gebracht? Legler ist besser, der hat den Spruch ... O, du heilge Jungfrau, vergib mir meine Sünden ... Und du heilger Theobald ... ich will auch kommen und in deine Kapelle beichten gehen.« Und sie knickste und bekreuzigte sich vor einem an eine Ofenkachel geklebten Muttergottesbilde.

Aloys hatte wiederholentlich versucht, die Alte zu beruhigen, aber sie war nur immer heftiger geworden und hatte mit aller Bestimmtheit erklärt, sie müsse den Stephan wiederhaben. Und weil sie damit fortfuhr und Aloys, wenn er sich recht befragte, wohl auch ein Gutteil mehr an Legler als an Melchers glaubte, so war er zuletzt nachgiebig geworden und hatte versprochen, so 's irgend ginge, der Mutter zu Willen zu sein. »Wir wollen sehen, Mutter, wir wollen sehen.«

Und dabei war's geblieben.

～

Um sechs war Vesper. Es hatte zu regnen begonnen und war kalt geworden. Die Dorfgasse lag in Dunkel, nur hier und da blitzte was auf, und solch schwacher Lichtschein kam auch aus einem kleinen Wirtshause, das dem Theobaldstift gegenüberlag. Um den Tisch herum saßen dieselben vier Leute, die vormittags den Verwundeten aus dem Walde heruntergeschleppt hatten. Drei davon tranken ihren Ingwer und sahen, die Beine weit vorgestreckt, stumpf und gleichgültig vor sich hin; der Jüngste aber, Aloys, war in Unruhe. Von Minute zu Minute stand er auf und starrte, während er das von Wasserdunst beschlagene Fenster putzte, nach dem Stift hinüber. Es war immer noch nicht Zeit. Endlich indessen nahm er wahr, dass die kleine Seitenpforte drüben aufging und Schwester Elisabeth heraustrat, hinter ihr ein paar andere Schwestern, zuletzt auch Schwester Beate. Sie wollten, wie jeden Abend, so auch heute zur Abendandacht und schritten auf einen überdeckten, aber an beiden Seiten offenen Gang zu, der die Verbindung mit einem daneben gelegenen Kapellchen herstellte. »Nun ist es Zeit«, sagte Aloys, und sofort erhoben sich alle und gingen über die Dorfstraße nach dem Stift hinüber, wo sich die drei Älteren im Schatten der Eingangstür aufstellten, während Aloys bei dem Bruder eintrat und ihm kurz mitteilte, weshalb sie kämen. »Gott sei Dank,« sagte der, »dass ihr da seid. Schwester Beate ist gut, und der Doktor ist auch gut. Aber Legler ist ihm doch über. Legler hat die Kräuter und den Spruch, und der Doktor hat bloß das Messer.« Und dabei hatte sich Ste-

133

phan hoch aufgerichtet, und aus seinen Augen leuchtete es wie wiedergewonnene Hoffnung. Aloys seinerseits, als ihm feststand, dass der Bruder keine Schwierigkeiten machen würde, war aus der Zelle rasch in den spärlich erleuchteten Flur getreten und sah sich hier um, wie wenn er nach etwas suche. Richtig, da war es auch. Unter der Treppe, gerade da, wo gegenüber ein Lämpchen an der Wand hing, stand ein Krankenkorb, der Deckel daneben. Und nun rief Aloys die drei Kumpane heran, dass sie kommen und den Verwundeten in den Korb legen sollten; er selber aber holte noch ein paar Kissen und Decken heran, ums dem Bruder nach Möglichkeit bequem zu machen. Es half auch, Stephan lag jetzt gut gebettet, und als gleich danach auch die Tragebalken durch die hanfenen Ösen geschoben waren, setzte sich der Zug, durch Dunkel und Regen hin, in Marsch.

Gerad als es unten im Dorf acht schlug, waren sie wieder oben und traten in die mit Knieholz geheizte Stube. Die Alte hatte ihrer schon voll Ungeduld gewartet, und kaum dass sie den Deckel abgehoben, so warf sie sich neben den

Verwundeten nieder und streichelte dem sie freundlich Ansehenden Stirn und Hände. Denn Stephan war ihr Liebling. »Er kommt noch heut Abend,« sagte sie vertraulich und wie mit verklärtem Gesichtsausdruck; »morgen wär' es zu spät gewesen. Wollt' er schneiden?«

»Nein Mutter, er wollte nich. Aber so sagen sie immer.«

»So sagen sie immer«, wiederholte die Alte und nickte dazu.

Legler kam auch wirklich denselben Abend noch und nahm den Doktorverband ab, um statt seiner seine Kräuter aufzulegen, Wohlverleih und Bilsenkraut. Auf dem niedrigen Herde ging mittlerweile das Feuer nicht aus, weil der Vertrauensmann von der Josephsbaude gesagt hatte: »Wärme nimmt das Fieber«, und Stephan sah in die Flamme hinein und freute sich an dem Anblick und dem Knistern. Aloys aber, als er oben alles in die richtigen Wege geleitet sah, machte sich mit dem leeren Korbe wieder still nach Agnetendorf hinunter und passte da den Zeitpunkt ab, ihn unbemerkt in den verdeckten Gang zu stellen, der vom Stift nach dem Kapellchen hinüberführte. Da fanden ihn am anderen Morgen die Schwestern, als sie zur Frühmette gingen.

Im ganzen Dorf aber, sosehr man die Schwestern wegen ihrer Guttat und ihrer Frömmigkeit liebte und verehrte, freute sich alles, dass Aloys und seine drei Freunde den Stephan »wieder herausgeholt und gerettet« hätten. Schwester Elisabeth freilich, weil ihr alles wie Heidentum vorkam, sah ernst und missgestimmt drein, und nur Doktor Melchers sagte vergnüglich: »So sind sie. Der letzte Laborant ist tot, aber mit dem letzten Kurpfuscher hat es noch gute Wege.«

ANHANG

NACHWORT

Theodor Fontane, berühmt für seine realistischen Romane und seine kulturhistorischen Heimatschilderungen, zählt auch zu den Pionieren der »short story« – lange bevor diese Gattung im 20. Jahrhundert ihren Durchbruch erlebte. Im November 1896 macht der 76-jährige Autor den jungen Redakteur der internationalen Literaturzeitschrift *Cosmopolis* Ernst Heilborn auf das neue »Geschlecht der short stories« aufmerksam. Solchen gut erzählten »kleinen Geschichten«, wie Fontane den noch unbekannten Begriff eindeutscht, gehöre die Zukunft: »Es liegt in der Luft. Das Bedürfnis ist da.«

Wie nah am Puls der Zeit der alte Fontane war, zeigt sich daran, dass der Gattungsname auch in seinem britischen Ursprungsland gerade erst im Entstehen war. Die ersten modernen »short stories« erschienen in illustrierten Londoner Literaturzeitschriften wie dem 1891 gegründeten Magazin *The Strand*, in dem schnell ein gewisser Arthur Conan Doyle mit seinen Sherlock-Holmes-Geschichten Furore machte – als die Lektüre für unterwegs. Untrennbar verbunden ist die neue Gattung mit den Mobilitätsgewinnen des industriellen Zeitalters: der Eisenbahn und dem damit verbundenen rasch expandierenden Bahnhofsbuchhandel wie der sozialen Mobilität und den weiblichen Emanzipationsbestrebungen.

139

Fontane war das alles vertraut wie kaum einem anderen. Von seinem Londoner Freund James Morris wurde er regelmäßig mit den neuesten britischen Zeitschriften versorgt. Bereits seit den 1880er Jahren hatte er zudem seine eigenen Kurzgeschichten in führenden Literaturzeitschriften und Tageszeitungen des Kaiserreichs veröffentlicht. 1894 erschienen sie dann alle unter dem treffenden Buchtitel *Von, vor und nach der Reise*. Eine Auswahl wird hier, erstmals versammelt in den Originalfassungen ihrer Erstveröffentlichung, zugänglich gemacht.

Fontanes »short stories« fügen sich überraschend aktuell in unsere verunsicherten Zeiten. Der Titel der Auftakterzählung *Auf der Suche* kann geradezu als Motto dienen für einen transitorischen Zustand der ins Wanken geratenen Gewissheiten und des tastenden Umgangs mit neuen Herausforderungen. Erzählt werden flüchtige Situationen des Unterwegs-Seins. Bei Spaziergängen, auf Reisen, in Begegnungen und Alltagsszenen scheinen die großen Themen auf: der eigene Standort in einer globalisierten Welt, das Verhältnis von Stadt und Land ebenso wie Fragen des psychischen und physischen Wohlbefindens.

Kunstvoll verwoben erscheinen Eigenes und Fremdes in der Auftakterzählung. Bei einem Spaziergang zu der gerade eröffneten chinesischen Botschaft in der werdenden Weltmetropole verwandelt sich der Berliner Tiergarten in eine exotische fernöstliche Flusslandschaft. Vermeintlich chinesische Inschriften an der Botschaftsmauer (»Schautau«) entpuppen sich als Graffitis spielender Berliner Kinder. Die erhoffte Begegnung mit chinesischen Diplomaten bleibt aus. So wie das absichtslose Flanieren als wichtiger Erfahrungsmodus ausgewiesen wird, so erreicht der Erzähler sein Ziel erst, nachdem er es schon aufgegeben hat. Als er etwas enttäuscht in sein Stammcafé am

Potsdamer Platz zurückkehrt, lächelt ihn vom Nachbartisch ein chinesischer Gast freundlich an.

Eine Zufallsbegegnung im Kurpark von Bad Kissingen wird in *Eine Frau in meinen Jahren* zum Anlass grundsätzlicher Reflexionen über Jugend und Alter, Abschlüsse und Neuanfänge. Die Protagonistin – sie ist noch keine 40, womit sie bereits unter das Verdikt fällt, sich »in gewissen Jahren« zu befinden – trifft auf einen wenig älteren Mann, der ihr fortwährend beteuert, in Liebesdingen »abgeschlossen« zu haben. Bei einer Promenade zum örtlichen Friedhof werden beiläufig Bilder der globalisierten Moderne ebenso aufgerufen wie die jüngste deutsche Vergangenheit: auf Fahrrädern rauscht eine Gruppe amerikanischer »Sportsmen« vorbei; die Kriegsschäden von 1866 sind in den Grabsteinen allgegenwärtig. Das Memento mori des Friedhofsgesprächs führt schließlich zur Relativierung der konventionellen Vorstellungen von Jugendlichkeit und Alter – und nicht zuletzt auch zur Befreiung aus deren falsch verstandenen Zwängen.

Die deutsche Massenemigration des 19. Jahrhunderts wird in einer Szene in einem Nachtzug auf dem Weg zum Kölner Hauptbahnhof verdichtet (*Im Coupé*). Eine allein reisende Frau und ein junger Mann müssen sich ein Dritte-Klasse-Abteil teilen. Sie ist unterwegs nach Großbritannien, um sich als Erzieherin zu verdingen, während er dort gerade seine Stelle als Privatlehrer gekündigt hat. Als der Zug am kommenden Morgen in den Bahnhof einfährt, geben sich die eben noch einander fremden Reisenden das Jawort und beschließen, gemeinsam in die Vereinigten Staaten auszuwandern.

Geradezu als postpandemisches Therapeutikum lesen sich die letzten drei Kurzgeschichten. Sie zeigen den gelernten Apotheker und erfahrenen Psychografen Fontane in seinem ureigensten Metier. In *Onkel Dodo* wird der Erzähler bei einem erhofften Erholungsaufenthalt im Harz so lange von einem Frischluftfanatiker, Gesundheitsapostel und »Menschheitsbeglücker« – besagtem Onkel Dodo – mit entsprechenden Vorschlägen und Aktivitäten gequält, bis er seinen Urlaub erschöpft und krank vorzeitig abbricht. Zwei Dorfgeschichten aus dem Riesengebirge schließlich thematisieren das Verhältnis von traditioneller Heilkunst und moderner Schulmedizin. Auch hier werden die vermeintlichen Gegensätze in die Schwebe gebracht.

In *Der letzte Laborant* wird mit einem heimwerkenden Kräuterhändler ein ganzer untergehender Berufszweig zu Grabe getragen. Ungeachtet aller wissenschaftlichen Einwände und neuer »Gesetze gegen die Medizinalpfuscherei« hatte dieser höchst erfolgreich seine fragwürdigen Tinkturen vertrieben. Da er einst eine preußische Prinzessin von einem lästigen Muttermal befreit hatte, wurde er zu seinem 80. Geburtstag sogar mit einem Kronenorden ausgezeichnet, worauf er allerdings wenige Tage später starb. Obwohl die Dorfbewohner mutmaßen, der Laborant sei an seinem eigenen »Schlagwasser« zu Grunde gegangen, mit dem er den Kater nach der feuchtfröhlichen Feier kurieren wollte, tut das ihrem Glauben an dessen sechseckige Fläschchen keinen Abbruch.

Das Misstrauen der örtlichen Holzfällerfamilien gegen die Schulmedizin und ihre chirurgischen Behandlungsmethoden ist Gegenstand der abschließenden Erzählung: *Gerettet!* Nach einem Arbeitsunfall eines ihrer Kollegen entführen die Holzarbeiter den Verunglückten in einer nächtlichen Befreiungsaktion aus dem klösterlichen Spital. Zu groß ist ihre Angst, dass ein herbeigerufener Doktor sofort zur Amputation schreiten werde. Lieber wollen sie den Patienten dem lokalen Wunderheiler und dessen okkulten Verfahren des Besprechens und Bestreichens anvertrauen: »Legler hat die Kräuter und den Spruch, und der Doktor hat bloß das Messer.« Tatsächlich bessert sich der Zustand des Verunglückten – begleitet vom Missfallen der Stiftsschwester über den unausrottbaren heidnischen Aberglauben und zum Vergnügen des Doktors, der in keinem Moment an eine Amputation gedacht hatte.

Die hier erstmals gesammelt abgedruckten Erstveröffentlichungen der Zeitschriftenfassung lassen deutlich erkennen, wie sehr Fontanes »short stories« mit Blick auf den Medien- und Literaturmarkt seiner Zeit geschrieben sind. Direkte Bezüge zum Erscheinungsort finden sich zum Teil in den Erzählungen selbst: etwa wenn der Erzähler in *Auf der Suche* ein Exemplar der *Freien Bühne für modernes Leben* kauft – also jener Zeitschrift, in der die Geschichte dann auch erschien. Zudem richtete sich Fontane mit dem Erscheinen seiner Kurzgeschichten nach den dafür bevorzugten Terminen von Weihnachten und Sommerfrische: so passte die emotionale ›Wiedergeburt‹ der beiden Kissinger Kurgäste in *Eine Frau in meinen Jahren* wunderbar in die Weihnachtsnummer 1887 der Illustrierten Zeitschrift *Zur guten Stunde*. Aber auch dass der alte Fontane mit seiner neuesten literarischen Entdeckung wieder einmal seiner Zeit voraus war, wird sichtbar: Für die unerhörte Schnellstpartnerschaft samt Auswanderungsbeschluss im nächtlichen Zugabteil in der Erzählung *Im Coupé* fand sich trotz intensiver Suche gar keine Zeitschrift.

TEXT- UND BILDNACHWEIS

Auf der Suche

    In: Freie Bühne für modernes Leben, 7. Mai 1890

Eine Frau in meinen Jahren

    In: Zur guten Stunde, Dezember 1887

Im Coupé

    In: Von vor und nach der Reise, März 1894

Onkel Dodo

    In: Zur guten Stunde, Oktober 1888

Der letzte Laborant

    In: Vossische Zeitung, 15. Juli 1888

Gerettet!

    In: Deutsche Rundschau, September 1893

Abb. S. 6	Staatliche Museen zu Berlin, Kupferstichkabinett / Dietmar Katz, Public Domain Mark 1.0
Abb. S. 20	Public Domain
Abb. S. 36	Public Domain
Abb. S. 56	Public Domain
Abb. S. 108	Reproduktion Fotostudio Bartsch, Karen Bartsch, Berlin, Public Domain
Abb. S. 126	Stiftung Stadtmuseum Berlin, Reproduktion Christel Lehmann, Inv.-Nr.: VII 61/454 x